Bianca

REENCUENTRO CON EL DESEO
JENNIFER HAYWARD

HARLEQUIN™

Editado por Harlequin Ibérica.
Una división de HarperCollins Ibérica, S.A.
Núñez de Balboa, 56
28001 Madrid

© 2017 Jennifer Drogell
© 2017 Harlequin Ibérica, una división de HarperCollins Ibérica, S.A.
Reencuentro con el deseo, n.º 2574 - 4.10.17
Título original: A Debt Paid in the Marriage Bed
Publicada originalmente por Mills & Boon®, Ltd., Londres.

I.S.B.N.: 978-84-9170-109-5
Depósito legal: M-22214-2017
Impresión en CPI (Barcelona)
Fecha impresion para Argentina: 2.4.18
Distribuidor exclusivo para España: LOGISTA
Distribuidores para México: CODIPLYRSA y Despacho Flores
Distribuidores para Argentina: Interior, DGP, S.A. Alvarado 2118.
Cap. Fed./Buenos Aires y Gran Buenos Aires, VACCARO HNOS.

Capítulo 1

SEÑOR!
Lorenzo Ricci aceleró el paso, fingiendo que no había visto a su abogado intentar darle alcance en el vestíbulo. Llevaba solo cincuenta minutos en Estados Unidos y le dolía demasiado la cabeza como para repasar el intrincado contrato de adquisición que estaba negociando. Tendría que esperar hasta el día siguiente.

–¡Señor!

Lorenzo se detuvo y se volvió hacia el hombre que trotaba tras él con sus cortas y rollizas piernas con un gesto de inocencia muy distinto al que adoptaba en la mesa de negociaciones, donde era implacable.

–Cristopher, he viajado dieciséis horas y necesito dormir. Mañana me encontraré mucho mejor.

–No puedo esperar –el tono angustiado del abogado alarmó a Lorenzo. Nunca lo había visto tan alterado–. Necesito que me dedique cinco minutos.

Exhalando un suspiro, Lorenzo señaló con la mano su despacho.

–*Bene*. Cinco minutos.

Cristopher lo siguió hasta las sofisticadas oficinas del departamento ejecutivo de Ricci International, donde Gillian, la eficiente ayudante personal de Lorenzo los recibió con una sonrisa de cansancio.

–Vete a casa –dijo Lorenzo–. Mañana repasaremos la agenda.

Ella le dio las gracias al tiempo que recogía sus cosas. Cristopher lo siguió al despacho y se detuvo ante el escritorio en actitud vacilante. La inquietud se apoderó de Lorenzo. Su abogado jamás vacilaba.

Fue hasta el ventanal y contempló la espectacular vista de Manhattan, uno de los beneficios que le proporcionaba ser el director ejecutivo de una empresa familiar italiana, una dinastía naviera que bajo su dirección se había convertido en un imperio que incluía cadenas de hoteles, cruceros e inmobiliarias. Normalmente adoraba aquella vista, pero en aquel momento el cansancio le nublaba la mente.

Se volvió y cruzándose de brazos, dijo:

–Dígame.

Su abogado parpadeó detrás de las gafas y carraspeó.

–Tenemos... un problema. Hemos cometido un grave error.

–¿En el acuerdo?

–No. Es algo personal.

Lorenzo entornó los ojos.

–No pienso jugar a las adivinanzas, Cris. Dígame qué pasa.

Su abogado tragó saliva.

–El bufete de abogados que llevó su divorcio olvidó tramitarlo.

Lorenzo sintió un zumbido en los oídos.

–Me divorcié de mi mujer hace dos años.

–Sí, bueno... –Cris hizo una pausa–. En realidad, no. Los documentos no se entregaron en el registro.

El zumbido se intensificó.

–¿Qué quiere decir? –preguntó Lorenzo pausadamente, como si tuviera el cerebro ralentizado–. Hable con claridad.

–Sigue casado con Angelina –dijo Cristopher, subiéndose las gafas sobre el puente de la nariz–. El abogado que se ocupó del divorcio estaba seguro de haberle dicho a su ayudante que registrara el divorcio, pero descubrió que no lo había hecho cuando, después de la conversación que mantuvimos usted y yo recientemente, le pedí que comprobara algunos detalles.

Cuando había quedado claro que Angie no pensaba tocar ni un céntimo de la pensión que le pasaba mensualmente.

–Mi mujer anunció su compromiso con otro hombre la semana pasada.

El abogado se llevó la mano a la sien.

–Lo sé... Lo leí en el periódico. Por eso quería hablar con usted. Tenemos una situación complicada.

–¿Complicada? –repitió Lorenzo, airado–. ¿Cuánto pago a ese bufete para que no cometa errores? ¿Cientos, miles de dólares?

–Es inadmisible –admitió Cris en voz baja–. Pero ha sucedido.

El abogado se cuadró de hombros para recibir su ataque verbal, pero Lorenzo se había quedado sin habla. Que el breve matrimonio con su esposa, cuyo final había sido ignominioso, no estuviera legalmente disuelto, era una noticia imposible de asimilar después de la que ya le había dado su padre aquella misma mañana.

Contó hasta diez mentalmente intentando dominar la ira. Aquello era lo último que necesitaba cuando estaba a punto de cerrar el mayor negocio de su vida.

–¿Cómo podemos arreglarlo? –preguntó con frialdad.

Cristopher alzó las manos con las palmas abiertas.

–No hay soluciones mágicas. Podemos intentar acelerar el proceso, pero aun así, llevará varios meses. En cualquier caso, usted va a tener que...

–¿Decirle a mi mujer que no puede casarse con su novio porque cometería bigamia?

Su abogado se pasó la mano por la frente.

–Sí.

¿Y no iba a ser divertido hacerlo, teniendo en cuenta que Angelina iba a celebrar su fiesta de compromiso con la mitad de Nueva York al día siguiente?

Lorenzo se volvió hacia la espectacular vista, sintiendo en sus venas el rugido de su sangre. Estaba desconcertado por lo repugnante que le resultaba la idea de que Angie se casara con otro hombre, a pesar de que se había convencido de que no quería volver a verla en lo que le quedaba de vida. Tal vez ese sentimiento se debía a que el fantasma de su vibrante y sensual belleza se le aparecía cada vez que se acostaba con otra mujer... O porque por más convicción que pusiera en decirse que Angie le era totalmente indiferente, no llegaba a creérselo.

La conversación que había mantenido con su padre antes de dejar Milán acudió a su mente como una broma cruel. El presidente de Ricci International había fijado sus impenetrables ojos azules en él y había dejado caer la bomba: «Tu hermano Franco no puede darnos un heredero, así que la responsabilidad recae en ti. Y debes hacerlo lo antes posible».

La lástima que había sentido por su hermano menor; la sorpresa de que Franco mismo no se lo hubiera dicho en la cena del día anterior, se habían borrado ante el impacto de la orden de su padre. ¿Casarse él de nuevo? Jamás. Aunque, por lo que acababa de saber, la amarga ironía era que seguía casado con la mujer que lo había abandonado tras decirle que no era capaz de amar. La mujer que le había robado la última brizna de humanidad que poseía.

–¿Señor?

Lorenzo se volvió.

–¿Tiene alguna otra noticia-bomba que añadir?

–No. El acuerdo va bien. Solo queda por decidir algunos detalles con Bavaro.

–*Bene* –Lorenzo indicó la puerta con la mano–. Puede irse. Yo me ocuparé de Angelina.

Su abogado asintió.

–¿Quiere que ponga en marcha el proceso de divorcio?

–No.

Cristopher miró atónito a Lorenzo.

–¿Perdone?

–He dicho que lo deje estar.

Cuando el abogado se marchó, Lorenzo se sirvió un whisky y volvió junto al ventanal. Con el primer sorbo se sintió reconfortado y poco a poco el líquido lo caldeó por dentro, suavizando las aristas que había sentido desde que, al recibir el resumen de prensa a primera hora de la mañana, había leído los planes de boda de su ex... todavía esposa, con un prominente abogado de Manhattan.

Había apartado la noticia de su mente, negándose a reconocer las garras que se le clavaban en la piel y penetraban en su interior, despertando sombríos pensamientos a los que no conseguía dar forma. Si Angie había dado por terminado un matrimonio en crisis, insalvable, ¿por qué todavía sentía tanto resquemor?

¿Por qué seguía tan enfadado y la rabia que sentía lo reconcomía por dentro como si fuera una enfermedad del alma?

¿Por qué no le había pedido a su abogado que tramitara el divorcio y terminara con lo que debía haber concluido dos años antes?

Lorenzo miró prolongadamente por la ventana, bebiendo el whisky y contemplando la noche caer sobre Manhattan. Reflexionó sobre su responsabilidad en mantener la dinastía Ricci; pensó en la adquisición millonaria que exigía toda su atención y que convertiría a Ricci en la cadena de hoteles de lujo más importante del mundo.

Cuando encontró la solución a su dilema, le resultó de una asombrosa simplicidad.

¿Por qué no le faltaba el aire?

Angie tomó una copa de champán y, apoyándose en la cristalera, observó a la gente elegantemente vestida que circulaba por la amplia y luminosa galería de arte. La luz de las arañas caía en cascada sobre el resplandeciente suelo de mármol negro; las espectaculares obras de arte quedaban iluminadas por focos individualizados. Era el marco ideal para su fiesta de compromiso con Byron, el escenario en el que había soñado celebrar el anuncio de su futura boda. Y, sin embargo, a medida que pasaban las horas tenía la sensación de que se ahogaba, y por sus venas corría un desasosiego que no conseguía explicarse.

Debería estar eufórica. Tenía la carrera que tanto había anhelado como la diseñadora de joyas más reconocida de Nueva York; había alcanzado la libertad que, como buena Carmichael, siempre había soñado tener, y un hombre maravilloso pronto sería su marido. ¿Qué más podía pedir?

Sin embargo, todavía sentía que... le faltaba algo.

Pero eso no tenía nada que ver, se dijo con firmeza, con el hombre que seguía enturbiando su felicidad. El hombre que le había enseñado qué se sentía al tenerlo todo, para arrebatárselo a continuación. Con el tiempo ella había comprendido que aquel tipo de adrenalina era para los ingenuos; que todo lo que subía tenía que bajar, y en el caso de su relación con Lorenzo, había caído haciéndose añicos.

Una punzada de dolor le atravesó el pecho. Respiró profundamente. Quizá eso era lo que necesitaba: oxígeno para aclarar su mente.

Aprovechando que Byron estaba charlando con un socio del bufete, se abrió paso entre la gente, pasó junto al grupo de jazz y subió las elegantes escaleras para salir a la terraza a la que se accedía desde el piso superior.

El aire denso y caliente le golpeó el rostro. Fue hasta la barandilla y, apoyando en ella los codos, contempló la frenética actividad de la gente y el tráfico que tenía a sus pies.

Otro estímulo sensorial la asaltó. Un olor, una presencia familiar masculina, perturbadora y familiar. Una corriente helada le recorrió la espada y el corazón le palpitó en la garganta al tiempo que se volvía y su mente se cortocircuitaba cuando posó los ojos sobre el hombre alto, moreno, de piel cetrina que tenía ante sí, vestido con un perfecto traje hecho a medida. Angie alzó la mirada hacia aquellos ojos negros, fríos y traicioneros. Luego los deslizó por la prominente nariz romana de Lorenzo, por la barba incipiente que le oscurecía el mentón, por sus preciosos y sensuales labios, que sabían herir y dar placer a partes iguales.

Por una fracción de segundo, Angie pensó que se trataba de un espejismo, que era un mero producto de su alterado estado de ánimo; que en ese mundo de fantasía, Lorenzo estaba allí para impedir su boda con Byron porque, en el fondo y a pesar de todo, la amaba.

Y al instante la asaltó el pánico al preguntarse cómo reaccionaría, qué le contestaría... y darse cuenta de que no tenía respuesta.

Se acercó la copa al pecho por temor a verterla, para impedir que su mente volviera a creer en uno de tantos cuentos de hadas que se inventaba cuando estaba con él, como pensar que lo que había habido entre ellos había sido verdaderamente mágico y no la cruda realidad: que Lorenzo se había casado con ella por interés, para que le proporcionara un heredero, y que cuando había perdido al bebé, Lorenzo había perdido todo interés en ella.

Respiró profundamente y preguntó:

–¿Qué estás haciendo aquí, Lorenzo?

El hermoso rostro de este se frunció en un gesto de sarcasmo.

–¿Ni un «hola, Lorenzo», un «cómo estás, Lorenzo»?

Angie apretó los labios.

–Te has colado en mi fiesta de compromiso, así que podemos ahorrarnos las fórmulas de cortesía. Dejamos de usarlas después de seis meses de matrimonio.

–¿Las mantuvimos tanto tiempo? –Lorenzo se cruzó de brazos y se apoyó en la balaustrada. Angie evitó fijarse en sus musculosos brazos, en la perfección que había alcanzado su cuerpo y que lo convertía en una versión aun más peligrosamente atractiva de sí mismo. Él se encogió de hombros–. Me temo que tengo que tratar un asunto contigo.

–¿No podías haberme llamado por teléfono? –Angie lanzó una mirada hacia la puerta–. ¿Byron te...?

–No me ha visto nadie. Pero he oído los discursos. Muy emotivos, por cierto.

Angie lo miró espantada.

–¿Cuánto tiempo llevas aquí?

–Lo bastante como para comprobar que tienes tan subyugado a Byron que va a dejar que seas quien tome todas las decisiones. ¿No es eso con lo que siempre habías soñado?

Angie sintió que le hervía la sangre.

–No es verdad. Yo quería una relación entre iguales, pero tu machismo y tu arrogancia te impidieron entenderlo.

–¿Y en cambio Byron sí lo comprende?

–Sí.

–¿Y en la cama? –Lorenzo miró a Angie fijamente–. ¿Satisface tu insaciable apetito? ¿Te hace gritar cuando entrelazas tus largas piernas a su cintura? Porque no me parece que sea bastante hombre para ti, *cara*.

El deseo golpeó a Angie con violencia. Su mente invocó la imagen del bello y musculoso cuerpo de Lorenzo empujándola más allá del límite del placer; su voz susurrándole al oído, exigiéndole que le dijera cuánto disfrutaba, que lo gritara.

La sangre se agolpó en sus mejillas y su vientre se contrajo. Había ansiado su amor y su cariño tan desesperadamente que había aceptado cualquier migaja que le diera. Finalmente, eso era lo que había quedado de su relación.

Se mordió el labio inferior y mintió:

–No tengo ninguna queja.

La mirada de Lorenzo se endureció.

–Es una lástima que no vaya a ser posible.

Angie se puso en guardia.

–¿Qué quieres decir?

–Verás... ha habido un descuido con los papeles del divorcio.

–Ya estamos divorciados

–Eso creía yo. Pero el bufete se olvidó de registrarlo en el archivo. No se habían dado cuenta hasta ayer.

A Angie le temblaron las piernas.

–¿A qué te refieres?

–Seguimos casados, Angie.

Ella se asió a la barandilla por temor a caerse y parpadeó para dominar el mareo. ¿Seguía casada con Lorenzo?

Tragó saliva para intentar deshacer el nudo que le atenazaba la garganta.

–Voy a casarme con Byron en tres semanas.

Lorenzo la observó con la mirada de un depredador.

–A no ser que quieras cometer bigamia, va a ser imposible.

–Tienes que hacer algo –dijo ella en tono de desesperación–. Exige que lo arreglen.

–Por mucho que lo aceleren, hacen falta varios meses –dijo él con un encogimiento de hombros.

–Pero tú tienes conocidos, seguro que puedes...

–Quizá.

A Angie se le heló la sangre al ver la frialdad con la que él la miraba.

–Así que no piensas hacer nada.

–No. No quiero pedir favores innecesarios.

Angie se enfureció.

–Me voy a casar en tres semanas. ¿Qué tiene eso de «innecesario»? –sacudió la cabeza–. ¿Sigues enfadado conmigo? ¿Estás castigándome por haberte de-

jado? Sabes bien que nuestro matrimonio estaba abo-
cado al fracaso, Lorenzo. Déjame seguir con mi vida

Lorenzo se acercó a ella en actitud retadora.

–Nuestro matrimonio fracasó porque eras demasiado joven y egoísta como para darte cuenta de que
exigía esforzarse, Angelina. En lugar de eso, pusiste
toda tu energía en rebelarte contra lo que yo te pedía,
en pasar por alto mis necesidades.

Ella alzó la barbilla.

–Tú querías una mujer que te acompañara a tus
fiestas, que no tuviera ni ideas ni intereses propios.
Podías haber contratado un robot para ocupar mi lugar. Habríais hecho muy buena pareja.

Los ojos de Lorenzo centellearon.

–No seas sarcástica, *cara*, no te pega. Sabes bien
que siempre he valorado tu inteligencia. Te ofrecí
implicarte en las causas benéficas que apoya Ricci,
pero no te interesó ninguna. En cuanto a ser mi acompañante, cuando te casaste conmigo, sabías que esa
iba a ser una de tus funciones.

Angie no estaba tan segura. Con veintidós años,
embarazada y enamorada de su marido, no era consciente de que estaba cambiando una vida solitaria por
otra; que en lugar del amor que tanto ansiaba, estaba
renunciando a su independencia a los sueños de convertirse en diseñadora de joyas, que contrariamente a lo
que se había jurado, terminaría siendo como su madre y
enamorándose de un hombre que no era capaz de amar.

–Tú mejor que nadie deberías haber entendido que
quisiera ser alguien.

–Claro que lo entendí. Tenías un negocio online
que te ayudé a promover. Lo que no podía permitir
era que le dedicaras todo tu tiempo. Teníamos una
vida demasiado ocupada.

–Tú tenías una vida ocupada. Yo nunca tuve una vida propia. La tuya era más importante.

–Eso no es verdad.

–Claro que sí –Angie movió la mano bruscamente y el champán se desbordó de la copa–. Solo querías que estuviera disponible y que te calentara la cama. No fui más que una posesión de la que disfrutar a tu antojo.

Lorenzo apretó los dientes.

–Nuestra relación íntima era lo único que funcionaba a la perfección, *cara mia*.

–¿Estás seguro? Ni en la cama ni fuera de ella tuvimos ninguna intimidad emocional porque eres incapaz de tener sentimientos.

El brillo de una emoción que Angie no supo interpretar se reflejó en los ojos de Lorenzo.

–Tienes razón –dijo él en tono áspero–. Puede que yo también tuviera alguna responsabilidad en nuestra ruptura. Los dos la tenemos. Por eso los dos tenemos que esforzarnos en recuperar nuestra relación.

Angie lo miró boquiabierta.

–¿A qué te refieres?

–Franco no puede tener hijos. La responsabilidad de proporcionar un heredero a la familia recae sobre mí. Y puesto que seguimos casados, no me queda otra opción.

Angie retrocedió espantada.

–¡Estás loco! *¡Estoy prometida!*

–Acabo de explicarte que eso es imposible.

Angie se dio cuenta de que hablaba en serio.

–Lorenzo –dijo, adoptando un tono pausado–. Lo nuestro no puede salir bien. Queremos cosas distintas. Yo me he forjado una carrera y no pienso renunciar a ella.

–Ni lo pretendo. Buscaremos una solución intermedia. Pero no pienso renunciar a recuperar mi vida.

En otro tiempo, Angie habría dado cualquier cosa por oírle decir que quería recuperarla. Los primeros meses, de hecho, había llegado a pensar que había cometido el mayor error de su vida. Pero sabía por experiencia que la gente no cambiaba, que por mucho amor que uno sintiera, no podía sanar a otra persona; que uno acababa con el corazón destrozado una y otra vez.

–Me niego a hacerlo –dijo quedamente–. Puedes retrasar el divorcio lo que quieras, pero si crees que te basta chasquear los dedos para que vuelva a tu lado y te dé un hijo, estás loco. Estoy enamorada de mi prometido, Lorenzo.

Lorenzo observó a su preciosa mujer con la seguridad de un hombre capaz de leer entre líneas. Una mujer no proclamaba su amor por un hombre y a la vez devoraba con la mirada a otro, tal y como Angie había estado haciendo con él, ni mucho menos cuando cada centímetro de su voluptuoso cuerpo estaba alerta. La idea de que ofreciera ese mismo cuerpo a otro le hirvió la sangre. Bajó la mirada hasta su agitado pecho, hacia la curva de sus caderas; recorrió sus increíbles piernas hasta sus altos tacones. Su cuerpo palpitó con un anhelo tan intenso que temió no poder disimularlo. Era injusto. Solo Angelina le hacía sentir así. Siempre Angelina.

Volvió la mirada a su rostro y sonrió con satisfacción al ver el rubor de sus mejillas.

–Sabes que si te tocara conseguiría que te olvidaras de él en segundos. Siempre ha habido entre nosotros una química irresistible, Angelina.

Ella lo miró con frialdad.

–Me niego a participar en tus juegos. Byron debe de estar buscándome. Espero que les pidas a tus abogados que resuelvan el error o te demandaré a ti y al bufete por incompetencia.

Lorenzo sonrió con amargura.

–Eso pensaba hacer yo. Hasta que me he dado cuenta de que el destino quiere que cumplamos con las responsabilidades que asumimos hace tres años.

–Estás loco –Angie fue hacia la puerta–. Vete antes de que te vea alguien.

Lorenzo sintió su enfado aumentar. Angelina lo había abandonado en uno de los peores momentos de su vida, dejando que se enfrentara solo a los periodistas de la prensa rosa de Manhattan y a su familia mientras ella se iba de vacaciones al Caribe. No permitiría que lo hiciera una segunda vez.

–Todavía no he terminado –el tono ominoso de sus palabras hizo que Angie se parara en seco–. No pensaras que he venido con las manos vacías.

Los ojos azules de su mujer lo miraron con aprensión.

–La compañía Carmichael pasa desde hace tiempo por serias dificultades económicas –continuó Lorenzo–. Le he dado a tu padre dos préstamos considerables en los últimos años para que pudiera mantenerla a flote.

Angie parpadeó.

–Eso es imposible.

Él había pensado lo mismo cuando el padre de Angie había acudido a él. Que la compañía Carmichael, una industria textil de más de doscientos años, un icono de las más prestigiosas escuelas de diseño, estuviera casi en la bancarrota le había resultado inconcebible.

Vio palidecer a su mujer.

–Si fueras a casa, te enterarías por ti misma. Las cosas van mal desde hace tiempo. Hay muchos países produciendo tejidos con alta tecnología y a bajo coste.

Angie sacudió la cabeza.

–Si eso fuera verdad, ¿por qué habrías de ayudar a mi familia?

Lorenzo esbozó una sonrisa.

–Porque, al contrario que tú, soy leal a mis amigos. No salgo huyendo cuando las cosas se ponen mal. ¿Quién crees que financia tu estudio?

Angie frunció el ceño.

–Yo.

–Pagas un cuarto de lo que vale. El edificio es mío, Angelina.

Ella lo miró con ojos centelleantes.

–Yo contraté a un agente inmobiliario; yo encontré el local...

–Encontraste lo que yo quise que encontraras –dijo Lorenzo barriendo el aire con la mano–. He podido dormir más tranquilo sabiendo que estabas en una zona segura de la ciudad.

El rostro de Angie se fue frunciendo a medida que asimilaba lo que acababa de oír.

–¿Insinúas que si no vuelvo contigo me echarás a la calle y retirarás la ayuda que le prestas a mi familia?

–Solo lo planteo como un «incentivo». Lo importante es que demos una segunda oportunidad a nuestro matrimonio. Y de paso, salvemos a Carmichael de desaparecer del mapa. Todos salimos ganando.

Angie lo miró boquiabierta.

–¿Serías capaz de chantajearme con eso?

–Tú tampoco jugaste limpio cuando me dejaste,

tesoro. Así que estoy dispuesto a lo que sea para que veas la luz y hagas lo correcto.

–Te pedí que fuéramos a terapia; intenté salvar nuestro matrimonio. Me fui porque tú no reaccionaste.

Lorenzo no presto atención a la punzada de culpabilidad que lo atravesó.

–No tuviste paciencia. Necesitábamos tiempo.

Angie asió la copa con fuerza.

–Solo conseguirás que nos destruyamos el uno al otro.

–Los dos somos más maduros y sabemos más de la vida. Estoy seguro de que podemos hacer que funcione.

–No pienso volver a ser tu esposa, Lorenzo –dijo ella, sacudiendo la cabeza antes de dar media vuelta e irse.

Lorenzo la dejó marchar porque sabía que volvería. Él solo apostaba cuando estaba seguro de ganar.

Capítulo 2

ANGIE volvió a la fiesta sacudida hasta la médula, con el cerebro paralizado, y fue directa a buscar a su hermana, Abigail, a la que llevó hacia una esquina.

Abigail la miró con inquietud.

–¿Qué te pasa? Estás pálida.

–Lorenzo está aquí.

Abigail abrió los ojos como platos.

–¿Dónde?

–Seguimos casados, Abby.

Su hermana la miró atónita.

–¿Qué quieres decir?

–Los abogados de Lorenzo olvidaron registrar el divorcio.

–¿Van a arreglarlo?

–Lorenzo se niega.

–¿Por qué?

–Franco no puede tener hijos. Lorenzo debe proporcionar un heredero a la familia. Quiere que demos una oportunidad a nuestro matrimonio y tengamos un hijo.

Abigail ahogó una exclamación.

–¡Pero eso es imposible; estás prometida!

–¿Estás segura? –dijo Angie en un susurro de angustia–. Si sigo casada con Lorenzo, ¿qué es Byron? ¿Mi prometido ilegítimo?

Su hermana la miró con espanto.

–No lo sé, pero demandaremos al bufete. Es un caso claro de negligencia.

–Lorenzo sigue furioso conmigo –dijo Angie con la mirada perdida.

–Actuaste como debías. Él no es una víctima inocente.

Angie se pasó la mano por el cabello y miró a su hermana fijamente.

–¿Está Carmichael en crisis? ¿Me ocultas información?

Su hermana la miró con prevención.

–¿Por qué preguntas eso ahora?

–Lorenzo dice que le ha dado a papá dos préstamos, y que si accedo a volver con él los dará por pagados.

Los ojos de Abby brillaron como dos zafiros.

–¡Será bastardo!

–¿Es verdad o no?

–Sí –a Angie se le formó un nudo en el estómago con la confirmación de su hermana–. Inicialmente necesitábamos renovar nuestra maquinaria para mantenernos competitivos, pero no bastó para mantenernos a flote.

Angie exhaló sonoramente. Había querido creer que no era verdad.

Abigail dijo entonces:

–No tienes por qué hacerlo. Papá lleva años escondiendo la cabeza en la arena. Es él quien debe enfrentarse a la realidad.

–¿Por qué no me lo habías contado? Prometiste no asumir la responsabilidad tú sola –dijo Angie.

–Estabas destrozada por la ruptura con Lorenzo. Lo último que necesitabas era que te agobiara con las dificultades de la empresa.

Angie sintió que le latían las sienes.

–¿Y mamá cómo lo está llevando?

Abby frunció el ceño.

–Angie...

–Dímelo, Abby.

–Está muy inestable –Abby hizo un gesto con la mano–. Pue-puede que debamos volver a ingresarla. Ella jura que no es preciso, pero la otra noche salió con las chicas y Sandra tuvo que llamarme para que fuera a recogerla.

A Angie la embargaron emociones que llevaba tiempo evitando.

–¿Qué ha elegido esta vez?

–Ginebra.

Angie cerró los ojos. Se había alejado de su familia por supervivencia, porque sacar a su madre del pozo del alcoholismo una y otra vez había acabado por hacerla añicos; porque en medio de su dolor por el fracaso de su matrimonio, no había tenido fuerzas para seguir asumiendo esa responsabilidad. Pero nunca había dejado de sentirse culpable por haberse distanciado del problema.

Y en aquel momento, el miedo la atenazó. Porque cuando Della Carmichael entraba en una espiral de destrucción, no había manera de pararla.

–Angie –el tono firme de su hermana la sacó de su ensimismamiento–. No pienso permitir que te haga esto. No es tu responsabilidad.

Pero Angie sabía que su hermana se equivocaba. Solo ella tenía la solución: debía convencer a Lorenzo de que su plan era una locura.

Angie seguía sintiendo un pulsante latido en las sienes la tarde siguiente cuando colgó el teléfono después de asegurar a Byron que se le había pasado el dolor de cabeza que le había obligado a abandonar la fiesta de compromiso la noche anterior. El mismo dolor de cabeza por el que, tras darle un beso, había dejado a su prometido con cara de sorpresa en el umbral de la puerta.

Se puso en pie y fue hasta el ventanal de su luminoso estudio. Aunque ya había oscurecido, la calle seguía animada, y eso beneficiaba la tienda que, a pie de calle, exponía sus creaciones. La campanilla que anunciaba la entrada de clientes había sonado todo el día.

El toldo morado con la inscripción *Carmichael Creations* se mecía en la brisa. Saber que el estudio del que se sentía tan orgullosa había sido contaminado por la mano de Lorenzo la exasperaba. Había necesitado desesperadamente demostrar que podía tener éxito en su carrera como diseñadora después de que él lo considerara un mero entretenimiento cuando para ella era una forma de expresión tan necesaria como respirar.

Vio pasar a un grupo de chicas riendo y bromeando al ver a un hombre guapo, elegantemente vestido, y se le encogió el corazón al pensar que ella había sido así de inocente cuando Lorenzo la había conquistado.

Los recuerdos se agolparon en su mente en una dolorosa sucesión, hasta que se vio junto a la piscina, en la legendaria fiesta de invierno de sus padres, con el vestido de lamé más seductor que había llevado en su vida, y mariposas en el estómago por saber que el implacable hombre de negocios Lorenzo Ricci estaría entre los invitados.

Su padre y él llevaban **tiempo haciendo negocios** juntos, pero Alistair Carmichael le había advertido que se mantuviera a distancia de él, que «no podría manejarlo».

Y tenía razón. Pero intentar demostrar a su padre que se equivocaba y tratar de olvidar su solitaria existencia habían podido más que el sentido común. Todas las mujeres habían querido atrapar a Lorenzo, el viudo más deseado de Manhattan. Ella había aceptado el reto de su amiga Becka, y le había pedido un baile. Para su sorpresa, él había aceptado. Al baile le habían seguido un beso en el jardín y una escapada a su dormitorio que había cambiado su vida. La noche con Lorenzo Ricci había tenido consecuencias inesperadas.

Cerró los ojos; sentía un dolor sordo en el pecho. Había creído que podía lograr que Lorenzo amara de nuevo, que, ofreciéndole un amor incondicional, lo ayudaría a olvidar a su difunta esposa, Lucia, de la que, según se rumoreaba, seguía enamorado. Pero pronto había descubierto que su marido no era capaz de amar a otra mujer, o al menos no a ella.

La sangre le bombeó en las sienes. No podía cambiar el pasado, pero no permitiría que Lorenzo dictara su presente. Retrasaría su boda hasta que llegara el divorcio. Alquilaría un estudio más barato. Pero eso no resolvía la crisis de la compañía Carmichael...

Un escalofrío la recorrió al pensar en el hombre distante y cruel con el que había estado en la terraza. Lorenzo siempre había sido implacable, un buen discípulo de su padre, Salvatore Ricci, pero nunca le había resultado tan despiadado como la noche anterior.

¿Tendría ella que ver en esa transformación o había sido una evolución natural? Angie se debatió entre el sentimiento de culpabilidad y la rabia, pero terminó por ganar esta. Ella estaba en lo cierto: su matrimonio era insalvable. Y Lorenzo tenía que entrar en razón.

Tomó su bolso y fue hacia la puerta. Ella ya no era la joven pusilánime a la que había manejado a su antojo dos años atrás.

Y su marido estaba a punto de descubrir hasta qué punto había cambiado.

Lorenzo no parpadeó al ver a Angie entrar en su ático de Park Avenue. Como si la estuviera esperando, se limitó a saludarla con un gesto de la mano a la vez que seguía hablando por teléfono.

Con unos vaqueros negros que le colgaban de las caderas y una camiseta negra ceñida que permitía intuir su musculado torso, estaba aún más guapo que la noche anterior. Angie siempre lo había encontrado más atractivo vestido informalmente que como ejecutivo, y tuvo que respirar profundamente para dominar el súbito deseo que la invadió.

Al ver una botella de vino y dos copas sobre la barra del bar, se preguntó si Lorenzo había estado seguro de que acudiría o si esperaba visita. Él cubrió el micrófono del teléfono y le indicó que abriera la botella. Angie obedeció solo por distraer su atención de su perturbadora presencia. Sirvió dos copas y bebió de una mientras oía a Lorenzo dar instrucciones a su interlocutor.

–*Scusami* –masculló él, colgando y yendo hacia ella–. Estamos negociando una nueva adquisición.

Como siempre.

–Perdona que haya venido sin avisar –dijo ella, tendiéndole la otra copa como si quisiera levantar una barrera entre ellos.

–Te estaba esperando –en lugar de la copa, Lorenzo le tomó la mano y la atrajo hacia sí.

—Lorenzo... –protestó Angie.

Él inclinó la cabeza y mirándola fijamente dijo:

—Ayer fuimos muy maleducados. Empecemos de nuevo.

Angie contuvo el aliento. Lorenzo iba a besarla. Fue a protestar, a negarse, pero los sensuales labios de Lorenzo aterrizaron en su mejilla.

Una corriente eléctrica la recorrió a la vez que él repetía el gesto en la otra mejilla. Alterada, dio un paso atrás.

—No estoy aquí para aceptar tu propuesta.

Lorenzo enarcó una ceja.

—Entonces, ¿para qué has venido?

—Para hacerte razonar.

—Muy bien –dijo él en el tono de apaciguamiento que siempre usaba para calmarla–. Pero disfrutemos el vino. He tenido un día espantoso.

Angie le dio la copa y lo siguió hasta el salón, donde se dejó caer en uno de los sillones de cuero donde en el pasado le había gustado tanto sentarse a leer.

—¿Qué compañía vas a comprar?

—La cadena hotelera Belmont Group –Lorenzo se sentó en un sofá frente a ella, estirando sus largas piernas.

¿Belmont? Una de las cadenas hoteleras más antiguas y lujosas del mundo.

—Me sorprende que esté a la venta.

—No lo está.

—Ah –Angie bebió–. Así que es una adquisición hostil

—Más bien una novia que no es capaz de admitir con quién quiere casarse.

Angie lo miró con frialdad.

–¿No es esa tu especialidad, buscar una compañía vulnerable, arrebatárselo todo y tirar los restos a la basura?

Lorenzo enarcó una ceja.

–¿Es este el tono en el que quieres que hablemos, *cara mia?* Pensaba que íbamos a ser civilizados.

Angie se encogió de hombros.

–Me da lo mismo lo que hagas.

–No siempre fue así. Mi poder solía resultarte un afrodisíaco.

Angie se ruborizó.

–Hasta que maduré y vi la cantidad de gente que dejabas en el paro y las empresas que destruías a tu paso. Todo por dinero.

–La mayoría de las empresas que adquiero están abocadas al fracaso. En el caso de Belmont, han perdido contacto con la realidad y no conocen las necesidades del turista de lujo. Yo diría que soy severo por su propio bien.

–Eres un lobo con piel de cordero –Angie alzó la copa en su dirección–. La cuestión es si en algún momento dejarás de estar obsesionado con poseer el mundo.

Lorenzo descansó la copa en el muslo.

–¿Quieres que me retire y les diga a mis accionistas que ya no van a conseguir más beneficios?

–Bastaría con que reflexionaras sobre los demonios que te empujan a actuar.

Lorenzo bajó la mirada.

–No estamos aquí para hablar del pasado, sino del presente.

–Ah, es verdad. Se me había olvidado que hay temas intocables.

Lorenzo apretó los dientes.

–Deja de provocarme, Angelina, y di lo que tengas que decir.

–Tu proposición es un disparate. No pienso romper mi compromiso para volver contigo y asegurar la sucesión de la familia Ricci.

Lorenzo sacudió la cabeza.

–Ya te he dicho que es mucho más que eso. Quiero que hagamos el esfuerzo que no hicimos en el pasado, que estemos a la altura de los votos que hicimos.

–Tú pediste el divorcio.

–Fue un error.

–¿Qué quieres decir con eso?

–Que igual que tú, *cara*, quizá estaba huyendo del problema. Pero ahora debemos rectificar ese error.

–Tú no me quieres a mí –dijo ella, impasible–. Tú quieres una dócil mujer italiana a la que tu madre adore, que organice tus fiestas y cautive a tus socios, y que te reciba cada noche a la puerta de casa con lencería sexy.

Lorenzo sonrió con sorna.

–Estoy seguro de que una mujer así me aburriría... Aunque lo de la lencería me parece una buena idea.

Angie se mordió la lengua para no blasfemar.

–Ni siquiera me conoces ya. No soy la mujer con la que te casaste. He cambiado.

–Estaré encantado en descubrir cómo es esa mujer –dijo Lorenzo, mirándola insinuante–. Estoy dispuesto a hacer concesiones. Sé que tu carrera es importante y que tienes mucho éxito. Mientras no interfiera con otros compromisos más importantes, no tienes por qué renunciar a ella.

Angie sintió que le hervía la sangre. Lorenzo no tenía ni idea de lo importante que era su trabajo para ella y para su estabilidad psicológica.

–En cuanto a mi madre –siguió él–. Tenía ciertos prejuicios respecto a nuestro matrimonio que... se vieron confirmados por tu comportamiento. Además, nunca hiciste ningún esfuerzo por agradarle, pero si lo haces, verás que es una mujer muy distinta.

Angie cerró los puños.

–Ella pensaba que yo te había tendido una trampa para obligarte a contraer matrimonio.

–Lo sospechaba porque te quedaste embarazada después de una sola noche juntos. Pero yo le dejé claro que la responsabilidad era también mía.

–¡Qué generoso! –Angie sentía la ira cegarla–. ¿Qué más concesiones estás dispuesto a hacer? ¿Vas a abrirte a mí en lugar de acorazarte? ¿Vas a estar dispuesto a hablar de nuestros problemas en lugar de apartarme de ti hasta que prácticamente me desintegre?

–Sí –dijo él en un tono grave que resonó en Angie–. Sé que me mantuve distante, y que es un defecto que debo rectificar. Pero no te equivoques, Angelina, tú también te aíslas y ocultas tras férreas defensas.

Solo después de que resultara demasiado doloroso seguir dando sin recibir nada a cambio.

El dolor le presionó el pecho. El vino le dio la osadía suficiente para contestar:

–Si vamos a ser sinceros, saquemos todos los esqueletos del armario. La verdadera razón de que nuestro matrimonio fracasara fue Lucia. Habrías preferido seguir en tu agujero, lamentando su pérdida, a casarte conmigo.

Lorenzo palideció; la frialdad de su mirada indicó a Angie que había ido demasiado lejos

–Eras tú quien estaba obsesionada con Lucia, no yo.

Angie alzó la barbilla y replicó:

–Puede que si lo repites muchas veces llegues a creerlo.

Se produjo un tenso silencio. Angie se puso en pie y fue hasta la ventana. Abrazándose a sí misma, tomó aire para intentar recuperar la calma.

–Tú no eres tan cruel –dijo finalmente, volviéndose hacia Lorenzo–. No puedo creer que vayas a dejar caer a la compañía Carmichael. Sientes demasiado afecto por mi padre.

Él la miró sin parpadear.

–No me obligues a hacerlo. Ya te lo he dicho: quiero que volvamos a darnos una oportunidad. Si te comprometes a intentarlo, el futuro de tu familia estará asegurado.

Angie se abrazó con más fuerza.

–¿No tuviste suficiente con el daño que nos hicimos aquellos últimos meses juntos? No podíamos estar en la misma habitación sin intentar despellejarnos. Fue tan espantoso...

Lorenzo fue lentamente hacia ella.

–Angelina, habíamos perdido a nuestro hijo. Todo fue muy doloroso.

Ella sentía una roca en la garganta.

–Y aquí estamos, haciéndonos daño una vez más.

Lorenzo se quedó a unos centímetros de ella. Angie sintió el calor que irradiaba, la familiaridad de su proximidad, la reverberación que provocaba en ella como una huella interna que no conseguía borrar. Se llevó la mano a la mejilla como si con ello pudiera reprimir sus emociones, pero Lorenzo las vio reflejadas en sus ojos, y los suyos se oscurecieron con una nueva calidez.

–Precisamente lo que tenemos que hacer es superar ese dolor.

–No –Angie sacudió la cabeza. El temor borboteaba en su interior como una lava que la empujara a hacer algo de lo que luego se arrepentiría–. Amo a mi prometido, Lorenzo.

Un destello brilló en los ojos de Lorenzo.

–No es verdad. Tú eres mi mujer –abrazándola por la cintura, la atrajo hacia sí. Angie tragó saliva a la vez que su pulsante cuerpo se sentía atraído hacia el de Lorenzo como una polilla a una llama. Apoyó la mano en su pecho, pero sus pies no se movieron y sus ojos permanecieron clavados en los de él–. Demuéstrame con un beso que no eres mía y te dejaré ir.

–No –dijo ella sin poder disimular el pánico que la dominaba–. ¿Por qué eres tan cruel?

–Porque debía haber impedido que te marcharas. Porque la idea de que estés con otro hombre me vuelve loco..., porque tu recuerdo me atormenta cada vez que estoy con otra mujer, y solo puedo ver tus preciosos ojos azules y recordar los votos que hicimos... –tomó la barbilla de Angie–. Porque lo nuestro no ha terminado, *mi amore*. Y nunca terminará.

El corazón de Angie aleteó en su pecho.

–No puedes hacerme esto –dijo con voz ronca–. No puedes amenazarme para luego decir cosas así y pretender...

Lorenzo inclinó la cabeza y acariciándola con su aliento, susurró:

–Demuéstrame que no sientes nada por mí. Demuéstrame que lo que digo es mentira y me iré.

–No –pero Lorenzo le cubrió los labios con una caricia de los suyos, que bastó para despertar cada célula del cuerpo de Angie. Cerró los ojos diciéndose: «Demuéstraselo, Angie. Y márchate».

Lorenzo le recorrió la espalda con la mano con un

movimiento lento, posesivo, sensual. Angie sintió que saltaban las alarmas en su mente, una inconfundible señal de que debía poner fin a aquello, pero no hizo nada.

Lorenzo le mordisqueó los labios, pidiendo una respuesta. Ella se mantuvo en tensión, los labios rígidos. Asiéndole el mentón con más fuerza, Lorenzo le obligó a inclinar la cabeza hacia atrás e intensificó su beso. Angie oyó las alarmas con más nitidez al tiempo que sentía una dulce embriaguez que le derretía los huesos.

—Lorenzo...

Él deslizó la lengua por su labio inferior en un gesto erótico, íntimo, que irradió ondas de placer por el cuerpo de Angie. Su mente se quedó en blanco, el vientre se le contrajo, sus dedos, por propia voluntad, se enredaron en la camiseta de Lorenzo. Él repitió la caricia con una deliberada lentitud que la dejó temblorosa.

Cuando recorrió con la lengua la frontera entre sus labios para exigirle que los abriera, ella, perdida ya en un mar de sensaciones, obedeció. Él la recompensó con un intenso y pausado beso que arrancó un gemido de la garganta de Angie, que tuvo que asirse a él para no perder el equilibrio.

Lorenzo la estrechó con más fuerza y deslizó la mano hasta sus nalgas. El beso se tornó ansioso, desesperado; ella arqueó las caderas contra su sexo endurecido y su virilidad prendió una hoguera en su sangre.

Hasta que súbitamente la realidad le cayó encima como un cubo de agua helada, posó las manos en el pecho de Lorenzo y lo empujó con fuerza. Con la respiración agitada y los labios hinchados, lo miró con cara de espanto. ¿Cómo había dejado que sucediera aquello? ¿Por qué lo había consentido?

–Te odio –susurro.

Lorenzo sonrió.

–Yo también a ti, tesoro. A ratos. El problema es el resto del tiempo.

Angie retrocedió y tomando su bolso, salió precipitadamente.

¿Qué había hecho?

Capítulo 3

¡Escándalo en la alta sociedad de Nueva York!

Se rumorea que el compromiso entre la diseñadora Angelina Carmichael y el aspirante a fiscal del distrito, Byron Davidson, se ha roto tan solo dos semanas después de la fiesta en la que se anunció.

Según dicen, el prominente fiscal está destrozado, lo que apunta a que fue Angelina quien tomó la decisión.

Es inevitable preguntarse si la causa de la ruptura es el ex de Angelina, el atractivo hombre de negocios Lorenzo Ricci, con quien se la vio cenando la semana pasada. La imagen hizo recordar a quien escribe esta columna el tempestuoso y breve matrimonio que tantos jugosos momentos proporcionó a sus lectores en el pasado.

¿Se habrán reconciliado los Ricci?

Angie tiró a un lado el tabloide con un gesto de indignación. ¿Es que la gente no tenía nada mejor que hacer? Le horrorizó imaginar lo que Byron pensaría al leerlo, y en cómo superaría la humillación de un cotilleo que se había propagado por la ciudad como el fuego en un bosque seco.

No había hablado con él desde la noche en la que, tras ver a Lorenzo, había acudido a continuación a devolverle su anillo. El beso le había dejado claro que no podía casarse con Byron. Aun en el caso de que Lorenzo hubiera cambiado de idea y le hubiera ofrecido el divorcio, habría roto su compromiso. Porque lo que había pasado le había demostrado que no era verdad que Lorenzo le fuera indiferente.

Por eso se había sentido tan rara en la fiesta de compromiso, porque en el fondo sabía que intentaba convencerse de que amaba a Byron, que quería lo opuesto a la montaña rusa que había sido su matrimonio con Lorenzo, cuando en realidad nunca había dejado de sentir algo por él.

Los hombres de la mudanza, que en aquel momento vaciaban su apartamento, entraron para recoger las últimas cajas y el nudo que sentía en el estómago se apretó aún más al constatar que la vida que tanto se había esforzado en forjar, se desintegraba ante sus propios ojos.

Una conversación con su padre la había dejado sin alternativa posible. Su padre le había sugerido que debía intentar reconciliarse con Lorenzo. La baja productividad de la empresa en los últimos tiempos había despertado la desconfianza de potenciales inversores. Lo que, tal y como había temido Angie, la convertía en la única solución posible para que su hermano, James, que algún día dirigiría la empresa, y su hermana, Abigail, heredaran lo que se pudiera salvar de Carmichael.

Dio un sorbo al humeante café. También tenía que hacer algo para que Abigail no cargara sola con la responsabilidad de su madre. Puesto que era más fuerte y había recuperado su vida, había llegado el momento de que Abigail también tuviera la suya.

Nada de eso suavizaba el temor que la atenazaba, ni la rabia que la mantenía en vela. Que Lorenzo estu-

viera dispuesto a chantajearla para que volviera con él
demostraba que aquello no era para él más que uno de
tantos juegos de poder. Necesitaba un heredero y ponía los medios para conseguirlo. Los sentimientos no
formaban parte de todo aquello; no se trataba de un
verdadero deseo de darse una segunda oportunidad.
Solo reclamaba lo que consideraba suyo.

Dejó la taza sobre el plato. Debía actuar con cautela. Imponer las reglas. No podía permitir que Lorenzo la intimidara. No sacrificaría su independencia
y su libertad, ni permitiría que su marido volviera a
romperle el corazón.

Con esa desafiante determinación volvió a su trabajo y la rabia multiplicó su productividad. Cuando
terminó las dos piezas en las que estaba trabajando,
vio, sorprendida que eran las siete. Se suponía que debía estar ya en casa, cenando con Lorenzo. Desafortu-
nadamente, pensó con sarcasmo, iba a llegar tarde a la
primera cena de su nueva vida en común.

–¿Qué tal van las negociaciones? ¿Seguís enreda-
dos en una maraña legal?

–Sí –dijo Lorenzo, cambiando el teléfono de lado
para servirse una copa–. Bavaro es un hueso duro de
roer.

Franco rio al otro lado de la línea.

–Si cierras el trato y conviertes Ricci en la mayor
cadena hostelera de lujo del mundo papá no te va a
perdonar que lo superes como hombre de negocios.

Lorenzo sonrió. Aunque su padre estaba retirado,
su espíritu competitivo no había disminuido un ápice.
El hecho de que incluso considerara a sus hijos como
rivales, había hecho que Franco y él se unieran para

presentar un frente común y combatir su apabullante personalidad. Franco dirigía las operaciones en Milán mientras Lorenzo estaba al cargo de la división internacional.

–No tiene por qué preocuparse. Es irrepetible –dio un sorbo al whisky–. ¿Cuándo ibas a contarme lo de la inseminación artificial?

Franco masculló un juramento.

–Debía haber supuesto que papá te lo diría. Quería esperar a tener los últimos resultados antes de contártelo.

–Eso suponía –Lorenzo hizo una pausa para buscar las palabras adecuadas–. ¿Y cuál ha sido el veredicto?

–No ha funcionado. Y puede que nunca funcione.

A Lorenzo se le formó un nudo en la garganta.

–*Mi dispiace*. Sé cuánto lo deseabais Elena y tú.

–¡Qué le vamos a hacer!

El tono abatido de su hermano encogió el corazón de Lorenzo, que lamentó más que nunca estar tan lejos de él.

–¿Cómo lo lleva Elena?

–Mal. Cree que la culpa es suya; cuando puede que sea mía.

Lorenzo cerró los ojos. Aunque no sabía qué sentía al no poder concebir, sí conocía el dolor de perder un hijo.

–Apóyala –dijo con voz queda. Precisamente lo que él no había hecho.

Franco suspiró.

–Puede que adoptemos. No sé..., es una decisión muy seria.

–Así es. Pensadlo bien.

Tras una pausa, Franco dijo en tono dubitativo.

–Tu reconciliación con Angelina... Es mucha casualidad que...

–No tiene que ver contigo. Los dos nos hemos dado cuenta de que nuestra relación no ha muerto.

–Te dejó, *fratello*. ¿Cuántas más señales necesitas de que habéis acabado?

Lorenzo hizo una mueca y se llevó la mano a la sien.

–Yo tuve una parte importante de responsabilidad. Sabes que tengo mis propios fantasmas.

–Sí, pero Angelina te cambió. Desde que se fue eres mucho más desconfiado. No eres el mismo.

Eso era verdad. Angelina se había llevado consigo una parte de él. La pérdida de su hijo, su desaparición, lo dejaron sumido en una amargura de la que pensó que jamás se recuperaría. Pero con el tiempo, también fue consciente de los errores que había cometido y de la responsabilidad que tenía en la ruptura con Angelina.

–Angie era muy joven. Necesitaba madurar. Y esta vez voy a poner toda la carne en el asador.

–No lo dudo –dijo su hermano con sorna.

Lorenzo entonces preguntó por los preparativos para la fiesta de cumpleaños de su madre y tras charlar un poco más, colgaron. Lorenzo se apoyó en la barra y terminó su copa mientras esperaba a que su mujer se dignara a aparecer.

La idea de tener que proporcionar a la familia un heredero ya no le provocaba la irritación que había sentido inicialmente cuando su padre prácticamente se lo había ordenado. La orden se había convertido en un incentivo para reescribir un episodio de su vida que había tenido el final equivocado.

Dos años después de la muerte de Lucia, seguía sin sentir el menor interés por las mujeres y todavía lo devoraba la culpabilidad por no haber protegido a su mujer. Hasta que, mientras hablaba con uno de los socios de su padre, vio aparecer a Angelina y se sintió como si lo atravesara un rayo.

Había bastado un baile, sentir bajo sus manos las sensuales curvas de su cuerpo para que se sintiera devorado por un deseo de una intensidad desconocida para él. Su libido había despertado con una fuerza incontenible para cuando llegaron a hurtadillas a su dormitorio en la mansión Carmichael. En cierta forma, en medio de la permanente neblina de dolor que lo envolvía, Angie consiguió devolverlo a la vida.

Sonrió para sí. Entonces no había tenido ni idea de que la pasión de aquellas horas se trasformaría en una relación parecida a la de *La guerra de los Rose*, ni que el único sitio en el que su mujer y él se llevarían bien sería en la cama.

El reloj dio las siete y media, y empezó a impacientarse. Unos minutos más tarde, se abrió la puerta del ascensor y de él salió su mujer. Con una coleta de caballo y sin gota de maquillaje, seguía siendo la mujer más hermosa del mundo.

–¿Has tenido un día complicado? –preguntó Lorenzo, controlando su irritación.

–Sí. Tenía que terminar dos piezas para un desfile. Siento llegar tarde.

Aunque no fuera verdad, Lorenzo fingió creerla.

–Ve a cambiarte –indicó el dormitorio con la cabeza–. Constanza ha deshecho tu equipaje y ha dejado preparada la cena.

La orden ensombreció el rostro de Angie. Apretando los labios, dejó el bolso y fue hacia el dormitorio.

–¿Angie?

Ella se volvió.

–Ponte la alianza –dijo Lorenzo.

Angie alzo la barbilla.

–¿Esto es lo que pretendes, Lorenzo, que, como en los viejos tiempos, obedezca tus órdenes?

–Las personas casadas llevan alianza –dijo él, levantando su mano en la que brillaba la suya.

Angie dio media vuelta y se fue. Cuando volvió, llevaba unas mallas negras y un blusón que, para desilusión de Lorenzo, le cubría el trasero.

–¿Quieres una copa? –preguntó, acercándose al bar.

–Agua mineral, por favor.

–Es viernes.

–Da lo mismo.

La batalla empezaba. Lorenzo añadió una rodaja de lima al agua y la llevó a la terraza, donde había salido Angie. Unos focos estratégicamente situados iluminaban la magnífica vista de Central Park.

Cuando Angie tomó el vaso de su mano, Lorenzo vio que se había puesto el zafiro de compromiso y la alianza.

–¿Para qué desfile son las piezas?

Angie parpadeó sorprendida.

–Ah, para el de la semana de la moda de Alexander Faggini.

–¡Es admirable!

Angie se encogió de hombros.

–Nos presentó un amigo común y le gustaron mis diseños. Para mí es un honor.

–Me encantaría ver la colección.

–¿En serio? –Angie volvió sus preciosos ojos azules hacia Lorenzo–. ¿O solo finges interés?

–Angelina –gruñó él.

–¿Ya no piensas que estoy «jugando a tener un negocio»?

–Tres cuartos de los negocios que se abren en la ciudad cierran antes del segundo año. Has conseguido algo extraordinario y estoy orgulloso de ti. Pero hace dos años, pensé que no lo lograrías.

–¿No creías en mi talento?

Lorenzo resopló.

–Claro que sí, pero también quería que mi mujer estuviera en casa. Íbamos a tener un bebé.

–Mantuviste la misma actitud después de perderlo, cuando yo necesitaba desesperadamente ocupar mi mente en algo productivo.

Lorenzo hizo un rictus.

–Debería haberte apoyado, lo sé. Pero necesitaba el equilibrio que representaba tenerte en casa.

–Y yo el que me proporcionaba mi trabajo –Angie desvió la mirada hacia las copas de los árboles.

Lorenzo observó la delicada línea de su barbilla a contraluz, y se preguntó cuántas facetas de su mujer desconocía. No le costaba imaginar lo que significaba pertenecer a una dinastía porque su propia familia pertenecía a la aristocracia italiana en la misma medida que los Carmichael representaban la aristocracia americana. Conocía la presión de vivir acosado por la prensa, de tener que cumplir las expectativas familiares, de sentirse constreñido por las normas. Lo que nunca había sabido era contra qué de todo eso se revelaba su mujer tan violentamente.

–¿Por qué odias tanto este mundo? –dijo, indicando el entorno con la mano–. ¿Por qué es tan difícil ser una Carmichael? Sé que tienes problemas con tu padre y que odias ver sus infidelidades reflejadas en la prensa, pero tiene que haber algo más.

Angie lo miró con expresión burlona

–¿No te parece suficiente? Esas relaciones han sumido a mi madre en una crisis de la que no se ha recuperado nunca.

–Tienes razón. Mi padre besa el suelo que pisa mi madre, así que no puedo hacerme una idea de lo doloroso que debe ser.

Angie bajó la mirada.

–Tú solo ves lo mismo que los demás: la vida ideal de los Carmichael.

–Cuéntame la verdad.

–Son asuntos privados. Estaría traicionando confidencias ajenas.

–Eres mi mujer. Puedes confiar en mí.

Angie apretó los labios y Lorenzo no pudo reprimir un gruñido de frustración.

–Esta es una de las cosas que tenemos que resolver, Angie. ¿Cómo vamos a funcionar como pareja si hay áreas enormes de ti que desconozco?

–En la misma medida que yo desconozco las tuyas –dijo ella, alzando la mirada con gesto airado–. No puedes darle a un botón y conseguir crear un ambiente de intimidad. La confianza no funciona así: necesita esfuerzo y tiempo. Si eso es lo que quieres de mí, tienes que demostrarlo con hechos, no con palabras.

Lorenzo sabía que tenía razón. Sabía que los años siguientes a la muerte de Lucia había actuado en piloto automático, cauterizando sus sentimientos, negándose a sentir. Pero no le resultaba fácil admitirlo.

–*Bene* –dijo, abriendo los brazos–. Considérame un libro abierto. No hay temas tabúes. Todo vale. El caso es que tenemos que comunicarnos, y no solo en la cama.

Angie lo miró de una manera que lo tentó a probar los viejos métodos, pero estaba decidido a cumplir la palabra que acababa de dar.

–Creo que deberíamos dar una fiesta en los Hamptons el fin de semana –dijo, cambiando de tema–. Marc Bavaro, el director de la cadena Belmont tiene allí una casa, y me vendría bien intentar ablandarlo. De paso, podemos anunciar formalmente nuestra reconciliación y acabar con los rumores.

Angie masculló algo entre dientes. Él enarcó una ceja.

–¿Disculpa?

–He dicho que quieres ponerme tu sello y que para eso es la fiesta.

–Eso ya lo he hecho –dijo él mirándola fijamente–. ¿Por qué iba a necesitar hacer públicamente lo que los dos sabemos de sobra?

Las mejillas de Angie enrojecieron.

–Vete al infierno, Lorenzo.

–Ya he estado en él, *cara*. Al menos ahora espero que el dolor venga acompañado de placer.

Angie se quedó mirándolo, como si intentar decidir si continuar con el ataque. Finalmente, bajó la mirada y dijo:

–Teniendo en cuenta que el lunes es fiesta, la gente tendrá las agendas completas.

–Estoy seguro de que la curiosidad que tiene por vernos les animará a hacer un hueco para acercarse a vernos.

Angie hizo una pausa antes de decir:

–Tengo que terminar las piezas para Alexander. Si algo va mal, tendré que pensar en una alternativa.

–Es solo un fin de semana. No tenemos obligaciones hasta entonces. Trabaja todo lo que necesites –Lorenzo alzó la copa hacia ella–. Así se llega a acuerdos, Angie. Cediendo de un lado y del otro.

–Está bien –dijo ella en tono apático.

–Muy bien. Le diré a Gillian que lo organice. Solo tienes que dar tu lista de invitados. De lo demás, se ocupará el personal de Hamptons.

Al ver que Angie no reaccionaba, Lorenzo hizo acopio de una paciencia que desconocía tener.

–Supongo que invitarás a tu familia. Sea lo que sea lo que te pasa con tus padres, será una buena oportunidad para que os reconciliéis.

–No –dijo ella con firmeza–. Fui a verlos la semana pasada. Ya no pasan el verano en los Hamptons. No tiene sentido invitarlos.

–Estoy seguro de que harán un esfuerzo por venir. Resultaría extraño que no fueran –Lorenzo bebió–. Hablando de padres: los míos vendrán la semana siguiente a la fiesta. Se alojarán en su apartamento, pero los invitaremos a cenar. Dile a Gillian qué día te viene mejor.

El rostro de Angie se ensombreció.

–¿Qué les has dicho sobre nosotros?

–Que hemos decidido darnos una oportunidad. Que en el pasado actuamos precipitadamente y cegados por el dolor.

–¿Así que te has reservado la parte de que me has chantajeado para que vuelva a ser tu esposa?

–Prefiero pensar en ello como un acuerdo con beneficios para las dos partes y que los dos tenemos motivos para intentar que nuestra relación funcione –dijo Lorenzo, mirándola fijamente–. Comprendo que necesites un tiempo para adaptarte, pero espero que ese proceso de adaptación sirva para que mejores tu actitud.

¿Mejorar su actitud? Angie seguía furiosa tiempo después de que terminaran una cena en la que apenas había hablado. ¡Qué generoso era Lorenzo concediéndole tiempo!

Aprovechando que él se había quedado a trabajar en su despacho, decidió tomarse un baño antes de meterse en la cama. Con su habitual eficacia, Constanza había vuelto a dejar sus cosas en el mismo sitio que habían ocupado antes de que se marchara, y a Angie le resultó perturbador sacar el camisón de un cajón de la cómoda y cepillarse el cabello con el cepillo que estaba en el lugar exacto donde solía dejarlo en el pasado.

Con los nervios a flor de piel, se sumergió en un relajante baño de burbujas.

Al margen de su irritación con Lorenzo, Angie se alegraba de que fuera consciente de que necesitaban algo de tiempo y que no esperara que fuera a acostarse con él inmediatamente, como si pudiera borrar el pasado; pero claramente, puesto que había llevado sus cosas al dormitorio, sí daba por hecho que compartirían cama.

Para evitar pensar en ello, Angie se concentró en el aroma a rosas de las sales de baño, preguntándose si las habría comprado Constanza para ella o si pertenecerían a una de las amantes de Lorenzo. Porque Angie no podía creer lo que decían los tabloides: que su guapo y sexualmente activo esposo, no había estado con nadie desde su divorcio.

«Tu recuerdo me atormenta cada vez que estoy con otra mujer»... en esas palabras estaban implícito el hecho de que sí había estado con otras; al contrario que ella, que había pasado dos años sola, hasta que la insistencia de Byron la había quebrado.

Se hundió más en el agua para apartar ese pensamiento de sí. Habían sido tan felices inicialmente...

Una vez Lorenzo aceptó la consecuencia de la rotura de un preservativo, se sometió al deseo de su madre de celebrar una boda ostentosa que, tal y como Angie había sabido sin que le importara, le resultaba ventajosa.

Habían pasado los primeros meses aislados del mundo por una neblina de feromonas. Cuando estaba en brazos de Lorenzo, no le importaba por qué se había casado con ella. Él la deseaba con una intensidad que le hacía creer que era lo más importante del mundo para él; la adicción que sentían el uno por el otro era insaciable. La convicción que arrastraba, por culpa de una infancia carente de afecto, de que nadie la amaría, había empezado a diluirse. Por primera vez en su vida se sentía digna de ser amada. De pronto, todas las piezas de su vida encajaban y la felicidad plena parecía posible.

Hasta que la realidad se había impuesto. Se había presentado un gran negocio que había exigido la dedicación plena de Lorenzo, y su nido de amor se había convertido en un lugar de frenética actividad.

Angie había descubierto entonces que estar casada con Lorenzo Ricci significaba acudir a numerosos actos sociales y a entretener a sus socios, a un ritmo que, estando embarazada, le había resultado agotador. Había empezado a sentir que se ahogaba, pero a Lorenzo no le importó; estaba demasiado ocupado como para darse cuenta de ello.

La crisis había llegado a su culmen cuando perdieron al bebé. Desde ese momento, su marido había terminado de distanciarse de ella hasta convertirse en un extraño, se había hundido en un pozo del que no había vuelto a emerger. Pero por lo visto, pensó Angie con sarcasmo, había sido su obsesión con Lucia, no la de Lorenzo, lo que había roto su matrimonio.

Salió de la bañera y se puso el camisón de seda. Para cuando llegó junto a la cama, prácticamente se le cerraban los ojos. Pero de pronto se le llenaron de lágrimas. La idea de meterse en aquella cama como si los dos últimos años no existieran se le hizo tan insoportable que salió y se dirigió al dormitorio de invitados. Nada en él evocaba los dolorosos recuerdos que acumulaba el dormitorio principal. Se metió entre las sábanas y en cuestión de segundos, se quedó dormida.

Angie despertó con la sensación de flotar. Desorientada, adormecida parpadeó en la oscuridad. Percibió unos brazos fuertes que la cobijaban contra una pared musculosa. Y el sutil, ácido y familiar olor le hizo acurrucarse aún más. Lorenzo.

Perdida en la duermevela previa a la plena consciencia, sin sentido del tiempo o del espacio, el inconfundible y delicioso aroma de su marido permeó sus sentidos; Angie posó la mano abierta contra su torso; se deleitó en su fortaleza, percibió su cuerpo rígido contra el de ella.

Abrió los ojos súbitamente al recuperar de golpe la consciencia. Ver la línea del mentón de Lorenzo la puso en alerta; sus ojos, oscuros y fríos, brillaban como dos diamantes en la penumbra.

–¿Qué-qué estás haciendo? –masculló a la vez que entraban en el dormitorio de Lorenzo.

Él la depositó en la cama.

–Puedes tomarte todo el tiempo que quieras, pero vas a dormir aquí. Tenemos que avanzar, no retroceder.

Angie se incorporó.

–No me he podido meter en la cama porque me trae demasiados recuerdos.

–¿Recuerdos que quieres olvidar en lugar de enfrentarte a ellos? –preguntó Lorenzo, ásperamente.

Angie parpadeó para acostumbrarse a la luz. Lorenzo irradiaba ira.

–¿Por qué estás tan enfadado?

–Porque no sabía dónde estabas –masculló él.

Lorenzo había creído que se había ido. Darse cuenta de que ese había sido su temor hizo que Angie lo observara atentamente. Había intuido que actuaba erróneamente al abandonarlo sin previo aviso, pero por aquel entonces, con la madurez emocional de sus veintitrés años no había sido capaz de soportar el punto de destrucción mutua al que habían llegado, y había dejado a Lorenzo solo, recogiendo los añicos de su ruptura, mientras ella se iba un mes al Caribe con su abuela. Nunca había llegado a perdonarse por haber actuado de esa manera.

–Perdona –dijo, pensando que también Lorenzo tenía motivos para estar enfadado–. No debí marcharme como lo hice, pero en el momento no supe actuar de otra manera. Necesitaba encontrarme a mí misma, descubrir quién era. Pero no actué bien. Lo sé.

Lorenzo empezó a desabrocharse la camisa y sin apartar la mirada de Angie, preguntó:

–¿Y encontraste lo que estabas buscando?

–Sí –Angie bajó la mirada–. Me encontré a mí misma.

–¿Y quién es esa mujer?

–La que por la noche se despierta con ideas de diseños que por la mañana convierte en realidad. Eso es lo que amo, Lorenzo. Solo así estoy en paz.

Lorenzo la observó detenidamente. Luego se terminó de quitar la camisa y Angie, aunque intentó apartar la mirada, no pudo despegar sus ojos de su perfecto torso. Ruborizándose, se dejó caer sobre las almohadas. Por más veces que hubiera visto a Lorenzo desnudo, nunca dejaba de perturbarla.

Para distraerse, expresó en alto la pregunta que llevaba tiempo resistiéndose a hacer.

—Las mujeres de las que has hablado... ¿Te has acostado con ellas?

Lorenzo dejó caer la camisa intentando dominar su enfado. Una parte de él, la rencorosa y herida que no había conseguido disfrutar de la única mujer que había llevado a su cama desde su separación, habría querido herir a Angie. Pero algo se lo impidió. Quizá la intuición de que si lo hacía, se arrepentiría el resto de su vida.

Apoyando una rodilla en la cama, se echó junto a su esposa.

—No creo que debamos hablar de ello —dijo en voz baja—. Debemos mirar hacia adelante, Angie.

Ella hizo una mueca.

—Quiero saberlo.

Lorenzo tomó aire.

—Una —dijo en tono mate—. Y no, no pienso decirte quién fue.

—¿Por qué?

—Porque no hace falta que lo sepas.

Angie cerró los ojos.

Sintiendo la sangre hervirle en las venas, Lorenzo posó una pierna sobre el cuerpo envuelto en seda de su mujer y la atrapó contra sí a la vez que le sujetaba las manos a ambos lados de la cabeza.

—Angelina —musitó, mirándola a la vez que ella

entornaba los párpados–, tú has preguntado. Y ya que estamos en ello, no olvidemos a tu amigo Byron.

Las pestañas sombrearon las mejillas de Angie.

–No me acosté con él. Estábamos esperando.

–¿A qué? –preguntó él, atónito.

–A casarnos.

Lorenzo no podía comprender que un hombre se casara con una mujer sin saber si eran sexualmente compatibles, pero más que el desconcierto le pudo el enfado con Angie por haberle mentido.

–Me dijiste que «no tenías quejas» –masculló.

Angie lo miró con ojos centelleantes.

–Me estabas chantajeando para que volviera contigo. ¡No esperarás que me disculpe!

Saber que su mujer no había estado con otro hombre produjo una satisfacción en Lorenzo que no habría sido capaz de explicar. Deslizó la mirada por sus voluptuosos labios, por el escote... Era una tentación irresistible.

–¡Quítate! –la orden de Angie le hizo volver la mirada a sus encendidas mejillas.

Lorenzo esbozó una sonrisa.

–¿Qué pasa, *mia cara*, temes que derrumbe las defensas tras las que te sientes tan segura?

Angie lo miró desafiante.

–Las mismas que tienes tú.

–Ah, pero yo he prometido intentar abrirme –dijo él con una sonrisa burlona–. Soy una larva en proceso de transformación. Tú también debes salir y probar tus alas.

–¡Muy gracioso! –Angie lo empujó–. ¡Quítate!

Lorenzo se inclinó para susurrarle al oído:

–Como te he dicho, Angie, vamos a ser un libro abierto. Solo nos diremos la verdad. Quizá con ello consigamos sobrevivir este pequeño experimento.

Tras incorporarse, dejó a su enfurecida y sexy esposa en la cama y fue al cuarto de baño. Mientras se daba una ducha, se preguntó si no habría subestimado el poder que todavía ejercía su mujer sobre él. No había contado con la posibilidad de que los dos acabaran quemándose aun antes de que todo aquello acabara.

Capítulo 4

ANGIE pasó la semana previa a la fiesta en los Hamptons evitando a Lorenzo, consciente, más aún después de la tempestuosa escena en el dormitorio, de que era la mejor estrategia. Como él estaba inmerso en su nueva adquisición, había resultado sencillo. Fue como en los viejos tiempos. Excepto que, al contrario que entonces, ella también trabajaba largas horas en su estudio y Lorenzo había insistido en que cenaran cada noche juntos. Parecía decidido a conseguir que la relación funcionara. Charlaban y comentaban los acontecimientos del día en un tono cordial. Pero en cuanto terminaban, Lorenzo volvía a su despacho y no se acostaba hasta la madrugada.

Aquel atardecer, sin embargo, mientras contemplaba la puesta de sol en East Hampton, Angie pensó que ya no podría escapar ni de la tórrida relación con su marido, ni de un pasado que había intentado dejar atrás. Aquella noche acogerían una fiesta de la alta sociedad que había despertado el máximo interés entre la prensa rosa y que la tenía a ella hecha un puñado de nervios.

Contempló un elegante barco de vela que navegaba en la bahía y pensó que el oleaje y la espuma blanca eran un buen reflejo de cómo se sentía por dentro. Adoraba la paz y tranquilidad de aquel exclusivo enclave, tan próximo y sin embargo tan distinto a Manhattan. Lo que no le gustaba era el microcosmos de gente rica que se reunía allí y lo que representaba: encajar en él, forjar vínculos beneficiosos para futuros negocios, moverse con la «gente adecuada».

Sonrió al recordar a su amiga Cassidy, que solía decirle que por muy bonito que fuera, al menos en Manhattan uno podía hacer lo que quería, mientras que en los Hamptons, el anonimato era imposible.

Peor aún era el esnobismo, la competitividad, las frágiles alianzas que cambiaban con el viento. Ella había visto el devastador efecto de ese ambiente en su madre, Bella Carmichael, pero también cómo siempre volvía a él, porque pertenecer a una dinastía americana era una responsabilidad de la que uno no escapaba.

Su madre había aprendido a apretar los dientes y sonreír como hacían los Carmichael aunque su mundo colapsara, fingiendo no oír los rumores sobre las infidelidades de su marido, los cotilleos sobre con cuál de sus «ayudantes» se estaría acostando o sobre su predilección por jóvenes de veinticinco.

Angie se pasó las manos por el vestido de seda color cereza, rezando para que las indiscreciones de su padre no fueran motivo de habladurías aquella noche. Ya había prohibido que el personal sirviera alcohol a su madre. Lo último que necesitaba era que hiciera una escena delante de lo más granado de la sociedad neoyorquina.

–Me encanta el vestido –Lorenzo apareció detrás de ella y posó las manos en sus caderas. La hizo girarse y, bajando la mirada hacia su pronunciado escote, añadió–: Aunque no me va a gustar que todos los hombres de la fiesta disfruten de esta vista.

A Angie se le aceleró el corazón y sintió el calor

extenderse desde los dedos de Lorenzo hacia las partes más íntimas de su cuerpo. Retrocedió un paso para poner algo de distancia entre ellos.

–Es un diseño de Alexander. Ha insistido en que me lo ponga.

–No me extraña. Parece hecho para ti.

El sensual brillo en los ojos de Lorenzo provocó un escalofrío en Angie. O tal vez fue el efecto de verlo tan guapo con unos pantalones negros y una camisa gris-perla que hacía destacar el color de su cabello y de sus ojos...

Apartó la mirada pero Lorenzo la tomó por el mentón y le obligó a mirarlo. La posesiva mirada con la que la observó hizo a Angie sentirse transparente y vulnerable.

–Estás muy apagada. ¿Qué te pasa?

Angie se soltó.

–Nada, estoy bien.

–No es verdad –dijo él con gesto crispado–. Cuando socializamos dejas de ser tú misma. ¿Por qué?

–No es verdad.

–Siempre, *cara*. Mientras no me digas por qué, haremos esperar a tus padres. A mí me da lo mismo.

Angie sintió la sangre correr por sus venas.

–Quizá porque en lugar de pasarlo bien, el objetivo es siempre algún negocio, alguna transacción. Siempre me has evaluado por mi habilidad para conseguir esos objetivos: conquistar a un nuevo socio, halagar a su esposa, impresionar a potenciales asociados con mi impecable linaje... –Angie hizo un gesto con la mano–. Esta noche se trata de Marc Bavaro. ¿Cómo quieres que me comporte, Lorenzo? ¿Divertida, educada, coqueta?

Lorenzo entornó los párpados.

–No, con ese vestido, no. Por fin nos estamos comunicando, *bella mia*. No tenía ni idea de que te sintieras tan presionada. Yo disfruto con la caza, con la idea de conseguir algo al final de la noche. Y pensaba que hacíamos un equipo. Pero lo que quiero es que seas tú misma: la mujer que tanto me gusta y que desaparece en estas ocasiones.

Angie apoyó las manos en el alféizar de la ventana.

–¿Y cuál es esa mujer? Porque no parece que acierte nunca.

–La mujer vibrante y llena de energía que conocí una noche en Nassau, a la que no parecía importarle lo que pensaran los demás. ¿Dónde está, Angie? ¿Dónde se ha ido esa chispa?

Angie parpadeó. ¿Quién creía Lorenzo que la había apagado sino él?

Alzó la barbilla.

–¿Por qué estás obsesionado con averiguar qué quiero? En el pasado no te importaba.

–Quizá porque quiero conocerte de verdad y no me dejas. Hay muchas facetas de ti que desconozco

–Te estás complicando demasiado.

–Lo dudo –Lorenzo frunció el ceño–. Yo también he tenido que reflexionar y he trabajado en algunos aspectos de mi personalidad, lo que ha resultado muy revelador.

¿Se refería a Lucia? El corazón de Angie se aceleró. Llegar a creer que Lorenzo sinceramente quería comprenderla mejor, que era cierto que quería que aquel tiempo juntos sirviera para restablecer su relación, habría fisuras en la compostura que tan desesperadamente necesitaba mantener para poder enfrentarse a la noche que tenía por delante. Además, sus padres los esperaban.

–Tenemos que bajar –dijo con voz queda.

Lorenzo suspiró.

–Muy bien. Seguiremos más tarde –dijo, posando la mano en la parte baja de la espalda de Angie para guiarla fuera de la habitación. Su calor se propagó por su piel. A pesar de todo, en medio de la confusión en la que estaba sumida, la proximidad de Lorenzo seguía siendo un ancla que la afianzaba. Quizá por eso había resultado tan doloroso dejar de contar con ella

La terraza en la que los esperaban sus padres estaba iluminada con antorchas. La luz se expandía y reflejaba la villa de estilo italiano en la infinita piscina, que era el elemento más espectacular de la finca. Camareros vestidos de negro estaban listos para la llegada de los invitados; la barra de mármol bien equipada con botellas de champán.

Della y Alistair Carmichael tenían ya una copa en la mano y escuchaban al grupo de música que habían contratado para la ocasión. Angie besó superficialmente a su madre, que estaba tan elegante como de costumbre con un vestido azul celeste y el cabello rubio cortado en una melena inmaculada. Con el rabillo del ojo comprobó, aliviada, que el contenido de la copa era agua con gas.

–Estás muy guapa, mamá.

–Gracias –su madre la inspeccionó de arriba abajo–. ¿Faggini?

–Sí –Angie sonrió para sí al comprobar que no habían perdido la práctica de mantener conversaciones inconsecuentes. Así habían aprendido a coexistir cuando, durante su adolescencia, el alcoholismo de su madre había emergido y se había convertido en un motivo de continuas peleas.

–Lorenzo –Bella se volvió hacia este con una femenina sonrisa–. Me alegro mucho de verte –le besó en ambas mejillas–. Aunque creo que estos dos últimos años te hemos visto más que a mi hija. Espero que coincidamos más a partir de ahora.

–Yo también –dijo su padre. Alto y distinguido, con las sienes encanecidas, sus ojos tenían el mismo azul que el de su hija. Ahí acababa la similitud entre ambos.

Evitando abrazar a su hija porque sabía que Angie lo rechazaría, estrechó la mano de Lorenzo.

–Angelina sabe lo contento que estoy de que haya vuelto al redil.

¿Vuelto al redil? Angie estuvo a punto gritar. No se encontraría en aquella situación de no ser porque la arrogancia de su padre le había impedido ver la crisis que tenía ante sus ojos. Estaba usándola como peón y no parecía sentir el menor remordimiento.

Lorenzo percibió la tensión en su cuerpo e intensificó la presión de la mano en su espalda.

–Mis padres vienen la semana que viene –dijo–. Espero que podáis cenar con nosotros.

Angie se irguió como un palo al oír a su madre expresar su entusiasmo por un reencuentro que a ella le espantaba. Juntar a Santa Octavia, la circunspecta madre de Lorenzo, con la suya, teniendo en cuenta el comportamiento imprevisible de esta, era lo más parecido a jugar con fuego.

Afortunadamente, la llegada de los primeros invitados evitó que siguieran hablando del tema.

Manteniendo la mano en la espalda de Angie, Lorenzo recibió a los invitados. Su mujer se fue tensando con cada recién llegado y la evidente curiosidad que despertaba su reconciliación. Para cuando llegó Marc Bavaro con su bonita novia pelirroja,

Penny, Angie había perfeccionado su máscara de plástico.

La imposibilidad de llegar a comprender qué le pasaba, junto con la urgencia por conectar con Bavaro, hizo que Lorenzo empezara a perder la paciencia.

—La pareja que se acerca son Marc Bavaro y su novia —musitó al oído de su esposa—. ¿Podrías fingir que somos felices durante unos minutos?

Angelina le dedicó una fingida sonrisa.

—Por supuesto —dijo con una dulzura artificial—. Tus deseos son órdenes para mí

Incluso con una sonrisa artificial, Angelina cautivó a Marc Bavaro. La mirada con la que la recorrió de arriba abajo, a pesar de la espectacular acompañante que llevaba del brazo, hizo que Angie se sonrojara. Lorenzo intensificó la presión de su mano en la cintura de su mujer.

—Me alegro de que hayáis podido venir —dijo a Marc—. Es conveniente verse fuera de la sala de reuniones.

—Desde luego —dijo Bavaro, pero su rostro seguía teniendo el mismo gesto adusto que cuando habían discutido los últimos detalles del contrato.

—Llevas un collar precioso —dijo Penny a Angie—. ¿Es uno de tus diseños?

—Sí, gracias. Es una de mis piezas favoritas.

—Me encanta tu trabajo —Penny miró a Marc de soslayo—. Le he lanzado muchas indirectas para que sepa qué regalarme por mi cumpleaños.

—¿Por qué no te pasas por el estudio y te hago un diseño personalizado?

Los ojos de la pelirroja se iluminaron.

—¿Me harías ese favor?

–Claro –Angie miró a Lorenzo, indicándole que estaba interpretando su parte–. ¿Qué te parece si presento a Penny a nuestros invitados mientras vosotros dos habláis de negocios?

Bavaro las siguió con la mirada y comentó:

–Es un vestido muy... especial.

–Así es –Lorenzo sonrió para sí. La conexión entre Angie y él era tan fuerte que jamás se sentía amenazado por otro hombre. Estaba dispuesto a esperar a llevar a su mujer a la cama. Averiguar qué se le pasaba por la cabeza era un reto mucho mayor.

Indicando un lateral con la barbilla, dijo a Marc:

–Busquemos un sitio en el que hablar tranquilamente.

Para cuando Angie presentó a Penny entre los invitados, estaba exhausta y aburrida. Odiaba las conversaciones intrascendentes con toda su alma, siempre había odiado las legendarias fiestas de los Carmichael a las que la obligaban a asistir. Y en aquella ocasión, era aun peor que todo el mundo acabara preguntándole por la inesperada reconciliación entre Lorenzo y ella.

–He llegado a pensar que estabas embarazada –bromeó su vecina–. Pero por cómo te queda el vestido, está claro que no.

Tras el último intento más o menos disimulado de sonsacarle algo, Angie devolvió a Penny a Marc. Este la sacó a bailar y Angie, a pesar de la descripción que Lorenzo había hecho de él como un tiburón de los negocios, encontró que era un buen bailarín y un interlocutor ameno.

Habían bailado dos canciones cuando Lorenzo apareció para reclamarla.

–No estoy seguro de si debo usarte de cebo o encerrarte bajo llave –musitó a la vez que bailaban–. Bavaro parece un cachorro salivando por un hueso.

–Pero se supone que esta noche no cumplo ninguna función –dijo ella, destilando sarcasmo–. Solo
estoy siendo yo misma. La mujer que te gusta.

Lorenzo sonrió y le susurró al oído:

–Me encanta cómo te queda el vestido. Es una
pena que por ahora solo estemos aprendiendo a comunicarnos «verbalmente».

Angie sintió una llamarada propagarse desde la
mano de Lorenzo que descansaba posesivamente sobre su cadera. Una bola de fuego prendió en su interior. Bailar con Marc había sido agradable. Hacerlo
con su marido era... «electrizante».

Cada fibra de su cuerpo se activó con el roce de sus
caderas con los muslos de Lorenzo, una tensión erótica agarrotó cada uno de sus músculos. La masculina
calidez de Lorenzo se filtraba a su interior, calentán-
dole la sangre, haciendo que le temblaran las rodillas.
Respiró profundamente para centrarse, pero al hacerlo, aspiró el delicioso aroma de Lorenzo, que la
sumió en una confusión aún mayor.

Con el corazón acelerado, retrocedió un paso para
poner algo de distancia entre ellos. Él le recorrió el
rostro con una abrasadora mirada.

–Gracias por ofrecerte a diseñar una pieza para
Penny.

–De nada –dijo Angie, irritándose consigo misma
por sonar agitada.

–Puede que finalmente hagamos un gran equipo
–dijo él con una mirada inquisitiva–. Pero para eso
tendrías que dejar de aferrarte al enfado que te do-
mina y del que no quieres salir.

Angie desvió la mirada con la determinación de mantener sus defensas en alto.

Una carcajada aguda que se elevó sobre el murmullo general le heló la sangre. Volvió la cabeza y vio a su madre con una copa de champán en la mano, charlando con un columnista de sociedad. Era evidente que no era la primera copa

—Tu madre se está divirtiendo —comentó Lorenzo.

Angie lo miró con gesto impasible, pero en cuanto acabó la música se separó de él, diciendo:

—Abigail me ha hecho una seña para que vaya a hablar con alguien.

Lorenzo frunció el ceño.

—¿Estás bien?

—Perfectamente. Enseguida vuelvo —dijo con una sonrisa mecánica. Y se fue.

En cuanto encontró a Abigail, le indicó con la mirada que necesitaba hablar con ella.

—¿Pasa algo? —preguntó su hermana.

—Mamá. Está bebiendo.

—Hasta ahora solo le he visto con agua mineral —dijo Abigail, alarmada.

—Ha conseguido que alguien le diera alcohol. Y está hablando con Courtney Price, Abby.

Esta la miró alarmada y juntas fueron hacia su madre. Para entonces, le habían rellenado la copa y el tono elevado de su voz despertaba la curiosidad de los invitados más próximos.

—Sácala de aquí —musitó Abigail con urgencia—. Yo intentaré hablar con Courtney para evitar males mayores.

Angie fue hacia su madre con el corazón en la boca. Su madre la miró airada.

—¡Mira! —dijo en el tono estridente que estaba

usando–. Aquí viene mi hija a reprenderme. ¿Verdad que solo estamos charlando amigablemente, Courtney?

La periodista tenía una expresión entre fascinada y horrorizada. Angie tomó a su madre del brazo.

–No mamá, solo quiero presentarte a una amiga –dijo Angie.

Su madre sacudió el brazo violentamente para intentar soltarse y el champán de su copa se desbordó, manchando el vestido de la mujer más próxima. Angie miró el vestido paralizada; luego alzó la mirada y reconoció a la esposa de un socio de Lorenzo, que la miraba sorprendida.

Angie tiró de su madre hacia la casa, evitando prestar atención tanto a las protestas de su madre como a los comentarios de desconcierto de los invitados.

Al llegar al dormitorio de sus padres, se volvió hacia su madre que, con los brazos en jarras, exclamó:

–¡Solo quería pasarlo bien! –dijo, arrastrando las palabras–. ¡No me dejas ser feliz ni por una noche!

A Angie se le formó un nudo en la garganta.

–Mamá, eres una alcohólica. No puedes beber. Ni una gota.

–¡Qué tontería! –su madre alzó las brazos y perdió el equilibrio–. Estoy perfectamente.

Una mentira como tantas. Angie las sabía todas.

Su madre fue al mueble-bar. Estaba vacío.

–Mamá, tienes que volver a rehabilitación –dijo Angie angustiada.

Su madre se volvió con ojos centelleantes.

–Ya le he dicho a Abigail que no pienso volver. Nunca.

–Necesitas ayuda profesional.

–¡No!

–¡Sí! –Angie gritó furiosa–. No voy a consentir que en tu proceso de autodestrucción nos arrastres. Abigail y yo nos merecemos tener una vida. Y tú necesitas ayuda.

–¿Tú? –dijo su madre con una mirada de odio–. ¿Tú, que me abandonaste sin mirar atrás?

–Porque no podía más. Estabas acabando conmigo, mamá.

La mirada de su madre se enturbió. Se llevó la mano a la boca.

–No me encuentro bien.

Angie reaccionó al instante y la llevó al cuarto de baño. Después de que vomitara varias veces, la lavó y la metió en la cama.

–Lo siento –su madre empezó a llorar, pasando súbitamente, tal y como acostumbraba de la rabia a la tristeza–. Lo siento.

A Angelina se le encogió el corazón.

–Lo sé, mamá –con lágrimas deslizándose por sus mejillas, musitó–: Yo también.

Apagó la luz y salió. Cegada por el llanto, con las piernas temblorosas, se deslizó por la pared del corredor hasta sentarse en el suelo y cubrirse el rostro con las manos.

No se sentía capaz de volver a pasar por aquello una vez más.

Capítulo 5

ANGELINA? –Lorenzo se paró en seco. Ver a su mujer acurrucada en el suelo, llorando quedamente, le encogió el corazón. Poniéndose en cuclillas, preguntó: ¿Qué pasa?

No obtuvo respuesta. Le alzó la cabeza y repitió:

–¿Angelina, qué ha pasado?

Los preciosos ojos de su mujer estaban enrojecidos. Con el corazón acelerado, Lorenzo la tomó por la barbilla.

–Háblame, Angie.

Ella sacudió la cabeza como si necesitara despejarse.

–Yo... –el llanto le impidió continuar.

Lorenzo maldijo entre dientes, pasó los brazos por debajo de sus rodillas y, tomándola en brazos, fue hasta su dormitorio y la depositó en el sofá.

–¿Qué demonios ha pasado? –preguntó, sentándose a su lado.

Angie se pasó la mano por la frente.

–Siento lo del vestido de Magdalena. ¿Se ha ocupado Abigail?

–Olvida el vestido de Magdalena. ¿Qué ha pasado con tu madre, Angie?

–Ha bebido un poco –dijo ella, desviando la mirada

Lorenzo enarcó las cejas.

–¿Un poco? Estaba borracha. Apenas podía tenerse en pie.

Angie se mordió el labio.

–Estas cosas pasan. Siento que haya hecho una escena.

–¡Esa no es la cuestión! –exclamó Lorenzo–. Acabo de encontrar a mi esposa sollozando... *Dio mio*, Angelina, ¿no vas a contarme que está pasando?

–Nada –musitó ella–. Estoy muy... sensible.

Lorenzo respiró profundamente y contó hasta cinco.

–O me cuentas qué sucede en tu familia o iré a preguntárselo a Abigail. Preferiría oírlo de tus labios.

Angie lo miró prolongadamente. Finalmente, dijo:

–Mi madre es alcohólica desde que yo cumplí quince años. Hemos conseguido mantenerlo en secreto. Ha entrado en rehabilitación dos veces. La última vez hace dos años. Pero desde que empezaron los problemas económicos ha vuelto a beber.

–¿Has vivido todo esto durante nuestro matrimonio y nunca se te ha ocurrido contármelo? –preguntó él entre atónito y furioso.

–Mi madre nos hizo jurar que mantendríamos el secreto. Mi padre decidió mantenerlo en la familia. Lo que no se sabe, no existe.

Lorenzo frunció el ceño.

–¿Tampoco lo sabe el marido de Abigail? –preguntó Lorenzo, apretando los puños. Al ver que Angie se sonrojaba, exclamó–: *Dannazione*, Angelina. ¿Cómo es posible que no hayas confiado en mí?

–Tú tienes una familia perfecta, Lorenzo. Temía que me despreciaras.

Lorenzo sintió que le hervía la sangre.

–Te habría ayudado. Eso es lo que hace un marido.

–Olvidaba lo bien que nos comunicábamos –saltó

Angie con ojos brillantes–. Nunca me sentí valorada, Lorenzo, especialmente después de los primeros meses, cuando empezaste a tratarme como si fuera un mero objeto. ¿Cómo iba a hablarte de mi madre cuando solo habría contribuido a que te arrepintieras aún más de haberte casado conmigo?

–Nunca me arrepentí de casarme contigo –dijo él atónito–. ¿Eso es lo que crees? –al no obtener respuesta, continuó–: Estás muy equivocada, Angelina. Puede que fuera distante, pero ¿de verdad crees que te habría despreciado o que no te habría apoyado?

Ella frunció los labios.

–No lo sé.

Lorenzo exhaló bruscamente. De pronto veía su relación bajo una luz muy distinta, y entendía, horrorizado, el efecto que su comportamiento había tenido en la autoestima de su mujer.

La ayudó a levantarse y le hizo dar media vuelta para bajarle la cremallera del vestido. Ella retrocedió bruscamente.

–¿Qué haces? –preguntó con ojos como platos.

–Acostarte.

–Pero si la fiesta no ha acabado...

Lorenzo la miró fijamente.

–No te encuentras bien. Además, ya han empezado a marcharse los invitados. Yo me ocuparé de despedirlos –dijo, y le bajó la cremallera.

Ella lo sujetó contra el pecho y dijo:

–Puedo seguir yo.

Cuando Lorenzo iba hacia la puerta, Angie preguntó:

–¿Ha hablado Abby con Courtney Price?

Lorenzo se volvió.

–Creo que sí.

El rostro de Angie se relajó.

–Abby lo arreglará. Siempre lo hace.

«Abby lo arreglará. Siempre lo hace». Aquellas palabras resonaban en la cabeza de Lorenzo mientras volvía a la fiesta. ¿Era así como habían vivido las dos hermanas la última década, ocultando de los tabloides los deslices de su madre, manteniendo un secreto que había estado a punto de destrozar a su esposa sin que él hubiera sido capaz de percibir las señales de que algo iba mal?

De pronto comprendía muchas cosas: la tensión entre su mujer y sus padres, la distancia que había puesto respecto a ellos, la moderación con la que Angie bebía...

Furioso consigo mismo, fue en busca de Alistair Carmichael para que se ocupara de su mujer. ¿Qué tipo de padre era capaz de dejar que la responsabilidad de cuidar de ella recayera en sus hijas y de hacer oídos sordos a lo que era un claro grito de socorro por parte de su esposa?

Tal vez el mismo tipo de hombre, pensó, que había sido él durante su matrimonio. Un marido ausente física y emocionalmente.

Angie se acurrucó en la cama y cerró los ojos, pero no consiguió dejar de pensar en la escena con su madre. «¿*Tú*? ¿*Tú, que me abandonaste sin mirar atrás*?».

Era verdad que la había abandonado porque no se había sentido capaz de seguir viviendo escenas como la de aquella noche; porque que su madre no le dejara nunca acceder a esa parte de ella que sufría tanto, había acabado por destrozarla.

Hundió el rostro en la almohada. El enfado de Lorenzo apretó aún más el nudo que sentía en el estómago. Quizá tenía razón. Quizá debía habérselo contado. Pero por aquel entonces intentar hablar con él era como golpearse la cabeza contra la pared.

Se concentró en el presente, intentó dormirse, pero no lo consiguió. Y seguía despierta cuando Lorenzo volvió, se duchó y se metió en la cama.

Angie tuvo que contenerse para no pedirle que la abrazara. Se hizo un ovillo y apretó los ojos. Dando un suspiro, Lorenzo la atrajo hacia sí y, acariciándole una mejilla, musitó:

–Angie, *mia cara*. Nuestra relación tiene que cambiar. Tienes que confiar en mí. Yo tengo que aprender a identificar lo que te pasa y saber lo que necesitas, porque está claro que lo hago fatal.

Angie estudió sus angulosas facciones en la penumbra.

–Hablas en serio –afirmó.

–¿Crees que estaríamos aquí si no hablara en serio? Quiero que vuelvas conmigo porque creo que debemos estar juntos, Angie, no para hacerte sufrir. Me casé contigo porque eres hermosa e inteligente, no porque estuvieras embarazada. Porque por primera vez desde la muerte de Lucia me sentía vivo. Tú me hacías sentir vivo.

El corazón de Angie se aceleró. Era la primera vez que Lorenzo decía algo así y no sabía cómo reaccionar.

Él continuó:

–Jamás pensé que no dieras la talla. Nuestros desacuerdos tenían otro origen, y ninguno de los dos supimos cómo enfrentarnos a ellos.

Angie se mordió el labio. Se había convencido de que Lorenzo solo quería usarla como medio para acceder a los círculos de la alta sociedad neoyorquina. Y si eso no era verdad, si Lorenzo la había amado por sí

misma... ¿Había huido ella de un matrimonio que
habría podido salvarse de haberse quedado a intentarlo? Esa posibilidad tenía unas implicaciones respecto al pasado y al futuro que en aquel momento no
era capaz de analizar.

Respiró profundamente y susurró:

—Cada uno de tus rechazos me destrozaba, Lorenzo.

—Lo sé. No lo he comprendido hasta ahora.

Hubo un prolongado silencio. Lorenzo recorrió
con los dedos el rastro de las lágrimas de sus mejillas.
Angie sintió un doloroso anhelo de creer en lo que
decía, de que llegaran a ser la pareja de la que hablaba
Lorenzo. Pero nada le aseguraba que no volviera a
comportarse como Jekyll y Hyde.

El miedo se apoderó de ella. Hizo ademán de sepa-
rarse de Lorenzo por temor a hacer algo que lamenta-
ría después, como pedirle que la abrazara. Él la rodeó
por la cintura y la atrajo hacia sí de nuevo, pegando la
espalda de Angie a su pecho.

—Duérmete —susurró, rozándole con los labios el
hombro—. Mañana hablaremos.

Pero Angie no logró relajarse. Era imposible te-
niéndolo tan cerca; sabiendo que al día siguiente tendría que tomar una decisión respecto a su madre...

Empezó a llorar quedamente y Lorenzo, alzando
su rostro, dijo:

—No llores. Encontraremos la solución. Lo prometo.

Angie supo que debía protestar cuando él le recorrió el rostro con los labios, secándole las lágrimas.
Pero el erótico consuelo que le hizo sentir deshizo el
nudo de angustia que la atenazaba por dentro; la ilu-
minó como solo Lorenzo podía lograrlo.

Un gemido escapó de su garganta. Ella y Lorenzo
se miraron prolongadamente con un deseo que paró el

reloj. Musitando su nombre, Lorenzo la besó lenta y delicadamente, logrando que lo olvidara todo excepto a Lorenzo mismo. ¡Cuánto lo había añorado!

Él la tomó por la barbilla y profundizó el beso, explorando su boca con la lengua. El sabor de Lorenzo estalló en el interior de Angie, que enlazó las piernas a las suyas y trepó sobre él, buscando, anhelando el olvido que solo él podía proporcionarle.

Se meció contra su miembro endurecido bajo los calzoncillos y gimió al sentir la respuesta de Lorenzo y la fricción que la derritió como oro líquido.

—Lorenzo...

Él enredó los dedos en su cabello y, tirando suavemente, separó su boca de la de ella.

—Angie —musitó—. No.

Desconcertada, ella abrió los ojos bruscamente

—Mañana me odiarías, *cara*. No quiero aprovecharme de tu abatimiento.

La mente de Angie salió súbitamente de la neblina. Separándose de él, humillada y confusa, le dio la espalda y se desplazó al otro lado de la cama.

—Has empezado tú —murmuró.

—Quería consolarte, pero se me ha ido de las manos —Lorenzo posó la mano en su hombro—. Angie.

—Déjame —dijo ella. Tenía que pensar. Nada de lo que había creído hasta entonces tenía sentido.

Tenía que tomar decisiones decisivas y Lorenzo estaba en lo cierto: debía mantener la mente despejada y acostarse con él solo podía contribuir a confundirla.

Cerró los ojos. En aquella ocasión, la necesidad de escapar hizo que cayera profundamente dormida al instante.

Capítulo 6

ANGIE despertó a la mañana siguiente con los ojos hinchados. Sintiendo aprensión por el día que tenía por delante, se puso unos vaqueros y un blusón, se recogió el cabello en una coleta y bajó a desayunar, rezando para encontrar el comedor vacío.

Pero no tuvo suerte. Su marido leía el periódico en la mesa, delante del ventanal con vistas al mar. Alzó la mirada y estudió su rostro.

–Me alegro de que hayas dormido hasta tarde. Lo necesitabas.

Angie ocupó una silla a su lado.

–Constanza ha preparado tu desayuno favorito –añadió Lorenzo, indicando un bizcocho–. Y el café está caliente.

–Gracias –Angie se sirvió una taza–. ¿Dónde están mis padres?

–Tu padre ha salido a correr. Tu madre sigue en la cama.

Y seguiría un buen rato, pensó Angie, mientras probaba el café.

Lorenzo frunció el ceño y preguntó:

–¿Tu padre siempre es tan... distante con tu madre?

–Siempre. Piensa que es débil y que debería ser capaz de superar su adicción. Cuando recae, se enfurece.

–Así no se resuelven los problemas. Tu madre necesita apoyo.

Angie lo miró con sorna.

—Tú eras el rey de marcar distancias cuando yo hacía algo que no te gustaba.

—Es verdad —dijo él sin inmutarse—, y ya te he dicho que voy a trabajar en ello.

Claro, y ella tenía que creerlo. Olvidar todas las veces que se había aislado de ella, todas las ocasiones que había creído que la cama les había servido como reconciliación, igual que había creído a su madre cuando prometía que iba a dejar de beber... para que luego no cambiara nada.

Hizo girar la taza en el plato, diciendo:

—Así es mi familia: enterramos los problemas, como si con ello desaparecieran.

Lorenzo frunció el ceño.

—No admitir una adicción es perjudicial para todos los implicados.

—Ya te he dicho que tengo una familia disfuncional.

El ceño de Lorenzo se acentuó.

—Dijiste que tu madre empezó a beber cuando tenías quince años. ¿Hubo algún motivo en particular?

Angie suspiró.

—Siempre bebió un poco para poder socializar. Pero creo que las infidelidades de mi padre fueron la causa final.

—¿Por qué no se separó de él?

—Es una Carmichael. Las apariencias lo son todo. Un Carmichael jamás admite un fracaso.

Lorenzo la observó detenidamente.

—Por eso odias este mundo y fiestas como la de anoche —afirmó.

—Sí.

—Y por eso decidiste dejarme: para no acabar como tu madre.

Angie frunció los labios.

–Ese es un análisis demasiado simple.

–Puede, pero es lógico que mi comportamiento te recordara al de tu padre. Solo que en mi caso, te dejaba para ocuparme de mis negocios, no por otras mujeres.

Angie bajó la mirada.

–Puede que tengas parte de razón. Pero una cosa es decir que vas a cambiar y otra que lo hagas.

–Es verdad –admitió Lorenzo–. Lo primero es ocuparnos de tu madre.

–Ese es mi problema.

–No, es nuestro problema. Vamos a enfrentarnos a él como un equipo.

Angie sacudió la cabeza.

– Te sentirías incómodo. Las cosas con mi madre son muy complicadas.

–Precisamente por eso debo estar a tu lado –dijo Lorenzo con firmeza.

Angie se pasó la mano por el cabello con impaciencia.

–Tú quieres resolver esto como lo resuelves todo: chasqueando los dedos. Pero es más difícil que todo esto.

–Lo sé. Por eso es necesaria la fuerza de dos.

Angie resopló y miró al agua que brillaba con un azul eléctrico.

–Tenemos que convencerla de que vuelva a rehabilitación.

–Puede que tenga una solución. Esta mañana he hablado con un amigo cuyo hermano estuvo en un centro en Nueva York que tiene un excelente programa. Podrías visitarla a menudo.

Angie se estremeció al recordar las visitas a su madre en el pasado, cuando se mostraba enfurecida y rabiosa. Pensar en volver a pasar por ello prácticamente le hacía rechazar la idea, pero estaba empezando a darse cuenta de que también ella huía de sus problemas. Había huido de su madre y de su matrimonio.

—Al menos podríamos ir a verlo —sugirió Lorenzo.

Angie lo observó, y a pesar de todos su temores, se dijo que tenía que tener un poco de fe en que su relación era salvable y en la sinceridad de Lorenzo.

—Está bien. Vayamos a verlo.

Angie y Lorenzo volaron al centro a la mañana siguiente. Situado en la ladera de una colina, con unas maravillosas vistas, para cuando hablaron con los médicos y recorrieron el entorno, Angie pensó que era el lugar ideal.

Durante la semana, llevaron a su madre. Sorprendentemente, le gustó y, después de pasar por el ciclo habitual de rabia y tristeza, terminó por acceder a ser ingresada. Al final del día, Angie estaba emocionalmente exhausta, pero tener a Lorenzo a su lado había hecho que el proceso no fuera la pesadilla habitual. Su marido tuvo una paciencia infinita con su madre, mostrándose firme o cariñoso de acuerdo a lo que Della necesitaba. Y Angie se preguntó dónde había estado escondido aquel hombre durante su matrimonio.

Ya en el avión, de vuelta a casa, Lorenzo le preguntó:

—¿Estás bien?

Ella asintió.

—Odio dejarla. Ojalá esta sea la última vez.

Lorenzo cerró su mano sobre la de ella.

—Confiemos en ello. Y si no, seguiremos intentándolo hasta que mejore. Eres muy fuerte, Angie, tú puedes con esto.

Angie miró la mano de Lorenzo cubriendo la suya protectoramente.

–Gracias por todo el apoyo que me has dado estos días –susurró con voz ronca–. Había jurado no volver a pasar por esto. Pero ahora sé que huir no es la solución.

–Así es –dijo él–. Pero a veces uno necesita tomarse un tiempo para sanar.

Angie pensó al instante que se refería a Lucia y se le formó un nudo en el estómago. Una vez más, tenía que enfrentarse al fantasma que siempre se había interpuesto entre ellos. Retirando la mano de debajo de la de Lorenzo, dijo:

–Cuando el otro día dijiste que tú también habías tenido que reflexionar y superar algunas cosas, ¿te referías a Lucia?

Lorenzo la miró con cautela.

–Sí. Cuando te conocí, creía que ya había superado su pérdida. Pero después de que te marcharas, me di cuenta de que no había llegado al fin del proceso, y que quizá había cargado nuestro matrimonio con parte de ese peso, un peso que probablemente me aisló emocionalmente.

Angie frunció el ceño.

–Entonces me dijiste que la que tenía un problema con Lucia era yo.

Lorenzo frunció los labios.

–Porque estaba furioso. El fantasma de Lucia era la carta que utilizabas siempre que estabas enfadada conmigo, *cara*

Angie no podía negarlo. Lo había atacado de todas las maneras posibles para conseguir que expresara alguna emoción. Pero usar a Lucia había sido un error.

–Háblame de ella –dijo con voz queda–. Cuéntame qué pasó. Necesito comprender, Lorenzo.

Él se masajeó las sienes y suspiró.

–¿Por dónde empezar? Lucia y yo salíamos desde niños. Pasábamos las vacaciones juntos en el lago Como y en cierto momento nuestro amor infantil se transformó en un amor adulto. Nuestras familias estaban encantadas. En cierta manera era como si estuviéramos predestinados el uno al otro.

Angie sintió que se le encogía el corazón. Así era como ella se había sentido al conocer a Lorenzo. Pero su corazón le pertenecía a otra.

–Antes de casarnos yo tuve algunas aventuras, porque pensaba que no debía casarme con la primera mujer de la que me había enamorado. Pero después de un tiempo, supe que era ella. Me casé cuando tenía veintiséis años. Para entonces estaba en Nueva York y ella vino a vivir conmigo –bajó la mirada–. Allí estaba como pez fuera del agua. Echaba de menos a su familia, Italia. Yo hice lo que pude para hacerla feliz. Ella pensaba que en cuanto tuviéramos familia, todo cambiaría. Y estábamos intentándolo cuando...

«Murió», pensó Angie. Tomándole la mano, dijo:

–Tranquilo, no hace falta que sigas.

–No, tienes razón, debes saber lo que pasó –Lorenzo se pasó la mano por el mentón–. El incidente tuvo lugar en la casa de campo, cuando yo estaba de viaje de negocios en Shanghái. Teníamos un excelente sistema de seguridad, pero los hombres que lo quebrantaron eran profesionales... y violentos. La encerraron en mi despacho mientras vaciaban la casa. Uno de ellos volvió cuando ella llamaba para pedir ayuda por el móvil, y la golpeó con la culata de la pistola –Lorenzo abrió y cerró los puños sobre sus muslos–. El golpe le causo una hemorragia cerebral y Lucia nunca recuperó la consciencia.

Angie se llevó la mano a la boca, horrorizada.

–¿Cómo sabes todo eso?

–Por las cámaras de seguridad.

Angie sintió que se quedaba sin aliento.

–Dime que no viste la filmación.

–Tuve que hacerlo. Necesitaba saber qué había pasado.

El tono quebrado de su voz, la emoción en carne viva que transmitían sus ojos, hicieron que a Angie se le rompiera el corazón. ¿Cómo podía alguien recuperarse de algo así?

–Lo siento –dijo en un susurro–. Siento haber sido tan insensible. Sospechaba que a Lucia le había pasado algo horrible, pero cada vez que me hacías el vacío, me sentía tan dolida que solo quería hacerte daño, era algo instintivo, automático. Fue imperdonable.

Lorenzo sacudió la cabeza.

–Los dos éramos unos expertos lanzando dardos. Nos resultaba más fácil que enfrentarnos a lo que teníamos ante nosotros.

Angie miró por la ventanilla. Luego volvió la mirada lentamente hacia Lorenzo y dijo:

–Sé que Lucia siempre ocupará un lugar en tu corazón y lo comprendo. Pero nuestro problema fue la distancia que ponías entre nosotros, la forma en que te aislabas emocionalmente. Necesito saber que has superado su pérdida Lorenzo.

Con una mirada de profunda tristeza, él contestó:

–Lo he conseguido. He dejado el pasado atrás y quiero mirar al futuro. Es lo que te estoy pidiendo que hagas conmigo, Angelina.

Angie sintió una presión en el pecho. Sabía que debía

dejar el pasado atrás, pero no estaba segura de poder lograrlo y confiar en que Lorenzo hubiera cambiado.

–Puede que lo que necesitemos sea empezar de cero –dijo él, pensativo–. Sin fantasmas ni rencores. Solo nosotros.

Era tan tentador creer que podían recuperar lo mejor que habían tenido juntos y conquistar esa parte del corazón de Lorenzo que nunca había sido suya...

Angie sintió la sangre correrle aceleradamente por las venas. Se sentía como una niña que acabara de dar sus primeros pasos y fuera a dar un aterrador salto.

–Estoy pidiéndote que lo intentemos de verdad –dijo él, mirándola fijamente–. ¿Quieres ayudarme?

Angie tragó saliva y dio el paso.

–Puedo intentarlo.

Después de acostar a su exhausta mujer, Lorenzo fue al despacho. El tiempo dedicado a solucionar el problema de la madre de Angelina le había retrasado en su trabajo, y el hecho de que Bavaro estuviera de viaje en Sudamérica había dejado el contrato de adquisición en un limbo.

Se hizo un café y empezó a revisar unas cifras, pero no logró concentrarse en ellas porque no podía dejar de pensar en la expresión de vulnerabilidad con la que Angie se había ido a la cama, y en el hecho de que nunca hubiera llegado a conocerla. Lejos de ser una joven consentida y caprichosa, era en realidad una mujer sensible y desvalida. Una mujer que había pasado por un infierno con unos padres que habían sido incapaces de cuidar de ella.

Que su mujer hubiera sido tan fuerte como para cuidar a su madre desde los quince años e incluso in-

gresarla en dos ocasiones, le resultaba admirable.
Para él representaba una extraordinaria valentía.

Devorado por el sentimiento de culpa, cerró los
ojos. Por segunda vez no había atendido al grito de
socorro de la mujer más importante de su vida; por
segunda vez no había sabido protegerla. Y saberlo le
hacía avergonzarse de sí mismo.

Angie siempre había creído que era el fantasma de
Lucia lo que lo distanciaba de ella, pero la verdad era
mucho peor. La realidad era que tampoco había escu-
chado a Lucia, y que, de haberlo hecho, esta seguiría
viva.

Fue hasta el ventanal y contempló la vista del par-
que. La oscuridad del exterior era un reflejo de la que
él sentía por dentro. Le había fallado a Lucia, pero podía redimirse actuando de manera diferente con Angie.

Se llevó las manos a la sien. Si no podía dar a Angie el amor que tanto anhelaba, al menos en aquella
ocasión la apoyaría; estaría siempre presente. Porque
de lo que no se creía capaz, era de volver a sentir el
tipo de adicción que había sentido en el pasado, de
experimentar hacia ella unos sentimientos tan podero-
sos que su pérdida se convirtiera en insoportable. No
podía volver a pasar por eso.

La racionalidad y el pragmatismo triunfarían donde
las emociones había fracasado. Su matrimonio con
Angie sería tal y como debía haber sido desde el prin-
cipio.

Capítulo 7

¡VAYA! –Angie recogió del suelo el brazalete y se lo intentó poner.

Había llegado tarde del estudio donde había dado los último toques a las piezas para la colección de la Semana de la Moda. No era la noche ideal para recibir a sus suegros.

El cierre volvió a escapársele. No sabía si estaba más nerviosa por ir a ver a La Gran Octavia o porque se había comprometido con su marido a intentar sinceramente que su matrimonio funcionara. Probablemente, era una combinación de las dos cosas.

–¿Necesitas ayuda? –preguntó Lorenzo, saliendo del vestidor con una inmaculada camisa blanca.

–Sí, por favor –dijo ella, pasándole el brazalete.

Lorenzo se lo puso y mirándola fijamente, comentó:

–No estés nerviosa. Mis padres quieren que lo nuestro salga bien.

–No estoy nerviosa. Voy retrasada.

Lorenzo la tomó por la cintura y la atrajo hacia sí. El corazón de Angie se aceleró instantáneamente.

–Me alegro de que no hayan llegado todavía –dijo él en tono sensual–. No he tenido la oportunidad de recibirte como mereces.

Una ola de calor se expandió por el interior de Angie. Algo en la mirada de Lorenzo le indicó que había dado por terminado «el periodo de ajuste».

–Tus padres llegarán en cualquier momento.

–Tengo tiempo de sobra –sujetándola por la nuca, Lorenzo le dio un beso delicado y lento que cargó el aire de electricidad. Angie posó las manos en su pecho al notar que le flaqueaban las rodillas.

–Lorenzo –musitó cuando separaron sus labios–, estás estropeándome el peinado.

–Mmm –murmuró él, besándole la línea del mentón y bajando hasta la base de su garganta, donde su pulso latía desbocado.

Angie se balanceó, amoldando su cuerpo al de él. Entonces Lorenzo subió de nuevo hasta su boca y mordisqueó juguetonamente sus labios hasta que Angie sintió que flotaba.

El sonido del timbre de la puerta los sacó de la sensual neblina en la que se habían sumido. Angie se separó de Lorenzo, que dijo con una sonrisa de satisfacción:

–Ahora pareces una esposa de verdad.

Sin molestarse en contestar, Angie se retocó el peinado y se puso lápiz de labios ante el espejo. Tuvo que respirar profundamente varias veces para recobrar la compostura.

Lorenzo posó la mano en su espalda y la guio hasta el vestíbulo, donde Constanza daba la bienvenida a sus padres. Lorenzo estrechó la mano de su padre y besó a su madre en ambas mejillas. Luego dio paso a Angie, que se dirigió en primer lugar a quien le resultaba menos amenazador, Salvatore. Con las sienes encanecidas, algo más bajo y corpulento que su hijo, Salvatore Ricci siempre le había resultado más cálido que su mujer a pesar de su reputación de hombre de negocios implacable

–*Buonasera, Angelina* –la saludó él, besándola–. *È bello rivederti.*

«Es un placer volver a verte». Angie forzó una sonrisa.

–*Altrettanto.*

Se volvió hacia la madre de Lorenzo. Vestida como siempre con una exquisita elegancia con un vestido color berenjena y unas sandalias de tacón alto, con el cabello corto y plateado, y ojos tan oscuros como los de su hijo, seguía siendo una mujer espectacularmente guapa.

–*Buonasera, Octavia.*

–*Buonasera* –Octavia la besó en ambas mejillas–. Gracias por invitarnos

–Me alegro mucho de que hayáis venido.

Angie los hizo pasar al salón y les ofreció una copa. En ocasiones, y a pesar de todo lo que había odiado en su adolescencia el protocolo y las formalidades sociales, se alegraba de ser capaz de haberlas aprendido y poder utilizarlas.

Tomaron un cóctel en un ambiente relajado. Era evidente que todos hacían un esfuerzo para que la velada fuera lo más agradable posible. Y Angie agradeció mentalmente a Lorenzo que mantuviera una mano en su espalda, un gesto que no pasó inadvertido a la sagaz mirada de su madre, que parecía querer averiguar qué había realmente entre ellos.

Angie se dijo que ya no era una jovencita a la que Octavia Ricci pudiera intimidar, sino una exitosa mujer de negocios que podía tratarla de igual a igual. Esa consciencia aplacó sus nervios al tiempo que tomaban asiento en la mesa que Constanza había preparado en la terraza, donde un elegante candelabro brillaba en la luz del ocaso.

El vino y la conversación fluyeron sin contratiempos y para cuando llegaron a los postres, Angie consiguió relajarse.

Octavia entonces la miró y dijo:

–Lorenzo me ha dicho que te has asociado con Alexander Faggini. Es impresionante.

–Hago joyas para él –corrigió Angie–. Él es la estrella. Pero sí, estoy muy contenta. ¿Te gustaría venir?

–Tenemos varias cenas –dijo Octavia. Y se volvió hacia su marido–. ¿Podríamos cambiarlas de día?

–Seguro que sí.

–*Bene* –Octavia sonrió–. Iré encantada. ¿Vendrá tu madre?

Angie tragó saliva.

–Me temo que no. Está fuera.

–¡Qué pena! –su suegra no sonó convencida–. ¿Dónde está?

–En el sur de Francia, visitando a unos familiares –Angie dio la explicación que había acordado con Abigail.

Salvatore tomó la palabra en ese momento.

–La próxima vez que Lorenzo venga a Italia deberías acompañarlo y visitar a la familia.

–Me encantaría –dijo Angie, aunque no pensaba volver a integrarse en la numerosa y unida familia de los Ricci hasta que estuviera segura de que su relación seguía adelante–. Pero tendrá que ser el próximo año. En cuanto pase la Semana de la Moda, empezaré con la temporada de Navidad. Voy a estar muy ocupada hasta enero.

–Supongo que tendrás que bajar el ritmo de trabajo cuando te quedes embarazada –dijo Octavia.

Angie se tensó, y mirando a su esposo de soslayo, dijo:

–Lorenzo y yo vamos a tomarnos un tiempo. Además, no tengo por qué dejar de trabajar. Es más saludable que la mujer siga con su vida habitual.

–Sí, pero también es verdad que a las que trabajan, les cuesta más quedarse embarazada.

Lorenzo apretó el muslo de Angie e intervino.

–Danos tiempo, *mamma*. Angie y yo acabamos de reconciliarnos. Tenemos mucho tiempo para tener hijos.

–Angie va a cumplir veintiséis años –dijo Octavia–. Puede que tardéis en conseguirlo.

Angie se sonrojó. Hablaban de ella como si fuera una yegua de cría y sin tener en cuenta que estaba en un momento crucial de su carrera, o que había sufrido un aborto en su primer embarazo y que la experiencia la había traumatizado.

Lorenzo miró a su madre con severidad.

–En el pasado no tuvimos problemas. Y ahora no tenemos prisa.

Su madre se encogió de hombros displicentemente.

–Entonces Angie era joven y estaba en plena fertilidad. Me limito a aconsejaros. Hoy en día las mujeres creen que pueden esperar tanto como quieran, pero están equivocadas.

Angie suspiró profundamente. Lorenzo intensificó la presión sobre su muslo a la vez que indicaba a su madre con la mirada que cambiara de tema.

A partir de ese momento y aunque lo intentó, Angie no pudo disfrutar de la cena y dejó el tenedor en el plato. Para cuando los Ricci anunciaron que se iban, estaba furiosa, y apenas consiguió mantener la compostura mientras comentaba con Octavia la cartelera teatral y Salvatore se retiraba por unos minutos con su hijo al despacho.

–*Maledizione*, Lorenzo ¿quién ha filtrado a la prensa que las negociaciones siguen abiertas?

Lorenzo se cruzó de brazos. Había confiado en evitar aquella conversación con su padre.

–No tengo ni idea, las conoce muy poca gente. Pero ya sabes que siempre hay alguien dispuesto a utilizar información privilegiada.

–¿Y si no se cierra el trato? A veces creo que has sido demasiado ambicioso ¡Estás jugando con la reputación de los Ricci!

–Lo cerraré –masculló Lorenzo–. Pero no soy un mago. Marc Bavaro está en Sudamérica. Tienes que darme algo de tiempo.

–¡Llevas casi un año con esto! Tienes que resolverlo antes de la próxima junta directiva

Lorenzo apretó los dientes. La desaparición de Bavaro lo había sacado de quicio. No necesitaba que su padre lo presionara. Pero también sabía que enfrentarse a Salvatore no conducía a nada.

–Soy el director ejecutivo de la compañía –dijo, mirando a su padre fijamente–. Firmaremos el contrato. Deja que haga mi trabajo.

Su padre lo miró con desdén.

–Tienes hasta octubre, Lorenzo.

Como estaba demasiado agitada para ir a la cama, Angie se puso el bañador y fue al jacuzzi que había en la terraza aprovechando que su marido hablaba por teléfono. Necesitaba deshacer los nudos que se le habían formado por culpa de la conversación con Octavia.

Dejó la copa de vino en el suelo, junto a la toalla, y se sumergió hasta los hombros con un profundo suspiro. Cerró los ojos y dejó que los chorros le relajaran la espalda.

–¿Estás de mejor humor?

Angie abrió los ojos. Su marido, en un bañador azul, era el más perfecto espécimen masculino. El corazón de Angie se aceleró al verle dejar la toalla en la barandilla. Estaba más musculado que en el pasado y sus abdominales formaban una perfecta cuadrícula. Angie tragó saliva.

–Creía que tenías que hacer una llamada.

–Ya la he hecho.

Lorenzo se sumergió en el lado opuesto al de Angie, pero la mirada con la que recorrió su cuerpo hizo que se sintiera desnuda.

–¿Qué ha pasado con tu padre? –preguntó por buscar una distracción al calor interior que la abrasaba.

Lorenzo alzó la mirada lentamente hacia sus ojos.

–Está nervioso por el acuerdo con Belmont. No tiene la paciencia que requiere atrapar una presa reticente.

–¿Todavía no has firmado el contrato con Bavaro?

–No –Lorenzo dejó escapar un sonoro suspiro y apoyó la cabeza en la pared. Al ver que Angie lo miraba con expresión especulativa, preguntó–: ¿Qué?

–Me preguntaba de dónde procedía tu insaciable ambición.

Lorenzo se encogió de hombros.

–Nací así. Franco también.

–Franco es más equilibrado, tiene una válvula de escape. Tú, no.

–Yo no soy mi hermano –dijo Lorenzo, entornando los ojos.

–No, pero tampoco has sido siempre así. Franco me dijo que antes de perder a Lucia, sabías disfrutar de la vida.

La mirada de Lorenzo se aceró.

–A Franco le gusta hacerse el psicólogo. Mi ambición es mi pecado.

–No es algo de lo que sentirse orgulloso. Deberías permitirte ser más humano de vez en cuando.

–Y tú deberías decirme qué ha pasado esta noche. Sabías perfectamente que mi madre sacaría el tema de los niños.

Angie se irritó. La preocupación por él que había tratado de trasmitir a Lorenzo, se tornó en animosidad.

–Una cosa es que lo mencionara y otra que insistiera. Le deberías haber cortado antes.

–Es posible. Pero sabes que en algún momento, tendrá que pasar.

Angie alzó la barbilla.

–Cuanto más me presiones, más difícil va a ser. Nos hemos comprometido a intentarlo de nuevo, y te aseguro que voy a poner el alma en ello. Pero antes de pensar en bebés, tengo que llegar a creer en «nosotros». Tú mismo has dicho que tenemos tiempo.

–Así es. Aunque como dice mi madre, quizá tardemos en conseguirlo y... –Lorenzo dejó la frase en suspenso.

A Angie se le hizo un nudo en el estómago.

–¿Y qué?

–La primera vez sufriste un aborto. Por eso necesitamos tiempo para conseguirlo.

Angie sintió una mezcla de miedo y rabia.

–Todavía no puedo tener esta conversación.

–¿Porque te asusta? –dijo Lorenzo con dulzura–. A mí también, Angie. Pero no podemos posponerla infinitamente.

Angie lo miró fijamente.

–Lo que estoy diciendo es que no estoy preparada

todavía. Antes de hablar de niños, lo nuestro debe funcionar.

–*Benne* –los ojos de Lorenzo chispearon–. Estoy de acuerdo. Así que ¿por qué no te acercas un poco? Estás demasiado lejos.

–No creas –dijo Angie con el corazón acelerado.

–Claro que sí –musitó Lorenzo–. ¿Te acercas o me acerco? Tú decides.

Angie sintió la sangre recorrerla con un ronroneo, pero seguía enfadada.

–Se acabó el tiempo –dijo él. Y, tomándola por la cintura, la atrajo hacia sí y entrelazó las piernas de Angie a su cintura.

–¿Qué haces? –preguntó ella, conteniendo el aliento.

–Ayudar a que volvamos a conocernos –dijo él en un tono que fue más una caricia–. Relájate, *mia cara*, solo voy a besarte.... –la miró con picardía–. Mucho.

–Lorenzo –dijo ella débilmente–, no juegues conmigo.

–¿No son los besos la lengua universal? Comuniquémonos.

Cuando ella fue a protestar, Lorenzo se lo impidió tapándole los labios con los suyos. Angie puso las manos en sus hombros para empujarlo, pero él le mordisqueó y succionó el labio y se deslizó bajo sus defensas como miel líquida.

Aun así ella le clavó las uñas en los hombros y dijo:

–Sigo enfadada contigo. No creas que vas a convencerme a base de besos.

–Vale –Lorenzo le acarició la base de la garganta con el pulgar–. Te daré tiempo

–¿Lo prometes? –preguntó Angie, desconcertada. No esperaba que cediera tan fácilmente.

–Lo prometo.

Al ver que se quedaba pensativa, Lorenzo preguntó:

–¿Qué más? Prácticamente te veo pensar –cuando ella sacudió la cabeza, todavía en silencio, él insistió con dulzura–: Angelina...

–Siento pánico –admitió ella finalmente.

–¿De qué?

De volver a necesitarlo, de permitirse sentir todo aquello que llevaba tiempo reprimiendo, de volverse a sentir plena junto a Lorenzo y hacerse añicos si fracasaban.

Tomó aire.

–Tengo miedo a acercarme a ti y que vuelvas a encerrarte en ti mismo.

Lorenzo sacudió la cabeza.

–No soy perfecto, pero te prometo que no será igual. Superaremos nuestros problemas juntos.

Angie tragó. Las semanas que habían pasado juntos habían hecho que prendiera en ella un rayo de esperanza.

Lorenzo le hizo alzar la mirada.

–Está en nuestras manos. Pero debes comprometerte y confiar. Tienes que creer que podemos lograrlo.

–Y lo creo –dijo ella quedamente–. Pero tenemos que ir despacio.

La mirada de Lorenzo volvió a adquirir un brillo de picardía.

–¿Qué crees que estoy haciendo?

Angie no protestó cuando la tomó por la nuca y la besó prolongada y apasionadamente. Ella se entregó al beso, entrelazando su lengua con la de él, hundiendo los dedos en su cabello y apretándose contra él.

Lorenzo se movió y al sentir su sexo en erección contra los muslos, el fuego recorrió cada una de sus terminaciones nerviosas. Fue como volver al paraíso, un paraíso peligroso pero en el que quería adentrarse...

Lorenzo levantó la cabeza.

–Aquí es donde debo parar o la sesión de besos pasaría a ser algo muy distinto. A no ser que... –ronroneó–, hayas cambiado de idea.

Angie sintió que le ardían las mejillas. Bastaría una señal para volver a tener a Lorenzo. Pero alcanzar esa intimidad con él la llevaría a dejar caer sus defensas y todavía no estaba preparada.

–Puedo esperar –musitó él, pasándole los nudillos por la mejilla–. Pero te advierto que cuando pase, no me va a bastar con un simple revolcón, Angelina.

Capítulo 8

ANGIE se alegró de pasar la semana trabajando intensamente para terminar las piezas del desfile de Alexandre porque solo así evitó pensar continuamente en el encuentro con Lorenzo en el jacuzzi.

Su marido había mantenido la promesa de darle tiempo, pero aprovechaba cualquier excusa para tocarla. Para evitar distraerse, se concentró en ajustar una pieza que había diseñado para una modelo que había tenido que ser sustituida en el último momento.

Finalmente, llegó el día y la hora del desfile. Las luces se atenuaron en la sala Skylight Modern, en uno de los edificios más sofisticados de la ciudad, y la primera modelo de Alexander avanzó por la pasarela.

Los nervios de Angie fueron incrementándose a medida que las modelos iban desfilando, exhibiendo la colección que podía catapultar a Alexander al estrellato mundial. Los murmullos y aplausos se sucedieron al tiempo que los espectaculares diseños de su amigo aparecían, cada uno de ellos en perfecta combinación con sus joyas.

Cuando pensó que apenas habían pasado unos minutos, había transcurrido una hora y el desfile llegaba a su fin.

La sangre de Angie burbujeó al ver a Astrid Johansson, la modelo más famosa del momento, salir a la pasarela en último lugar con el collar de rubíes que ella había diseñado y que refulgía contra su piel de alabastro. Un escalofrío le recorrió la espalda. El collar enmarcaba a la perfección el escote rectangular del vanguardista vestido

Lorenzo se inclinó hacia ella y le susurró:

–¿Cómo te sientes al ver a la modelo mejor pagada del mundo lucir tus joyas?

–Maravillosamente –dijo ella, pensando que así era como él estaba con una camisa azul claro y un traje gris oscuro.

Astrid recorrió de nuevo la pasarela y volvió con Alexander, seguidos ambos por las demás modelos. El público aplaudió y gritó su aprobación, y Alexander saludó con una luminosa sonrisa.

Angie se quedó paralizada al ver que le indicaba que subiera.

Lorenzo la empujó suavemente.

–Vamos, es tu momento.

Angie avanzó con piernas temblorosas y aceptó la mano de Alexander, que la condujo bajo uno de los focos y, haciendo una reverencia, aplaudió. Angie creyó que el pecho le iba a estallar de felicidad; sentía lágrimas en los ojos. Sus joyas habían sido su tabla de salvación durante los tiempos difíciles, y en aquel instante tuvo la sensación de que cada pieza de su vida encajaba; de que encontraba el equilibrio.

Besó a Alexander en la mejilla y, retrocediendo, le devolvió el aplauso. Las luces se apagaron y Alexander quiso que lo acompañara para atender a los periodistas mientras Lorenzo y su madre disfrutaban de un cóctel. Angie pensó que nadie se interesaría por ella, pero varios periodistas quisieron entrevistarla personalmente.

Para cuando Alexander la tomó del brazo, Angie se sentía como flotando. Su amigo entonces la llevó hasta la fiesta que clausuraba el desfile y la presentó a los demás diseñadores, a editores de moda, a modelos y actores que iban a participar en su siguiente campaña, proporcionándole tantos contactos que a Angie le dio vueltas la cabeza.

Sentía una fuerza invencible irradiar desde su interior. Su carrera había dado un salto meteórico; estaba en camino de reconciliarse con su marido. Todo parecía posible.

Lorenzo vio a su mujer resplandecer. Su animada y burbujeante actitud le recordó a la noche en Nassau, cuando lo había cegado como la más resplandeciente estrella. La aurora boreal había palidecido por comparación con aquellos ojos azules, que lo habían mirado con coqueta inocencia a la vez que le preguntaba si no pensaba bailar en toda la noche.

Pero ya entonces se había dado cuenta de que bajo aquella aparente seguridad en sí misma, había una mujer vulnerable, con una tristeza y una melancolía que no se correspondían con su edad.

Aunque no fuera consciente de ello en el momento, se había sentido identificado con ella precisamente por eso. Los dos intentaban escapar del dolor de sus recuerdos; Angelina, de la complejidad de su vida familiar. Inicialmente, su relación había sido tan intensa, que los dos habían alcanzado su objetivo.

Angie vio que la estaba observando y le dedicó una sonrisa que le aceleró el pulso. En el pasado le había negado la oportunidad de ser así de luminosa; de que demostrara que era más que la suma de sus partes. Había sido un error, pero arrepentirse no servía de nada.

Vio que decía algo a Alexander, saludaba a la mujer con la que estaban, y avanzaba hacia él con paso decidido.

–¿Se ha marchado tu madre?

–Sí –Lorenzo tomó dos copas de champán y le pasó una–. Me ha pedido que te dé las gracias y que te diga que la colección es impresionante.

–Qué... amable. ¿Lo ha pasado bien?

–Estaba en su elemento. Quién sabe –Lorenzo enarcó una ceja–, puede que lleguéis a llevaros bien.

–Me cuesta creerlo.

Lorenzo le acarició la mejilla.

–Se positiva, *cara*.

Angie bajó la mirada.

–Si no te importa debería seguir saludando.

Lorenzo asintió y, sin quitarle la mano de la espada, la acompañó en su recorrido por la sala. Para cuando las luces bajaron de nuevo y un ruidoso grupo de música que Lorenzo no conocía empezó a tocar, percibió que Angie se estaba quedando sin energía. Llevándola hacia una de las salas laterales, le quitó la copa de la mano y la sentó en su regazo.

–Lorenzo –murmuró ella–, estamos en público.

–En una fiesta bulliciosa donde nadie nos presta atención –posó la mano en su muslo y la aproximó hacia sí, deleitándose en cómo las curvas de su mujer se adaptaban a su cuerpo. Estaba preciosa con un vestido que le dejaba la espalda desnuda y que hacía que sus manos ardieran por tocarla.

Mordisqueándole el lóbulo de la oreja, susurró:

–Estás luminosa, *mia cara*. Así es como me gustas.

Ella se separó para mirarlo a los ojos y dijo:

–Necesitaba esto para que comprendieras lo importante que es para mí mi trabajo.

–Lo sé –dijo él con voz grave–. Ahora sí estoy atento. Más vale tarde que nunca.

Con una necesidad incontenible de protegerla y poseerla, la tomó por la nuca y la besó apasionadamente, con una intensidad que los conectó como si finalmente llegaran a comprenderse.

Angie hundió los dedos en el cabello de Lorenzo y el besó adquirió un carácter aún más encendido. Lorenzo deslizó la mano hacia arriba de su muslo, cerrando los dedos sobre su piel de satén. Su cuerpo reaccionaba con una pulsión primaria bajo el trasero de Angie. Ella se restregó contra él con un suave gemido.

–Quiero estar dentro de ti –musitó él–. Dentro de ese cuerpo cálido y dulce, y que me sientas en tu interior, *cara*.

Angie sintió la sangre borbotear en sus oídos. Una luz estalló en sus ojos. Parpadeó, desconcertada, y tardó unos segundos en darse cuenta de que se trataba del flash de un fotógrafo.

Lorenzo le pasó los nudillos por la mejilla y hacienda una mueca, dijo:

–Es la señal de que debemos irnos.

A Angie le temblaron las piernas cuando la dejó en el suelo. Lorenzo la guio entre la gente que abarrotaba la sala, se despidieron de Alexander y salieron.

Sumida en una sensual nebulosa, Angie se rodeó la cintura con los brazos mientras Lorenzo acercaba el coche. Unos minutos después, lo detenía delante de ella, bajaba para ayudarla a acomodarse en el asiento del copiloto y arrancaba hacia su casa.

Con el pulso acelerado y la sangre ardiendo, Angie

no oía las sirenas y cláxones de Nueva York; solo era consciente del hombre que tenía a su lado.

«Pero te advierto que cuando pase, no me va a bastar con un simple revolcón, Angelina».

Quizá su mente seguía confusa respecto a ellos dos, pero su cuerpo no dudaba: quería experimentar la intensidad que Lorenzo prometía, sentirse de nuevo viva, tal y como solo Lorenzo conseguía que se sintiera.

Finalmente llegaron a casa. Angie dejó caer el bolso en una silla y yendo hasta el ventanal desde donde se divisaba Manhattan, suspiró. A su espalda, oyó el roce de la chaqueta de Lorenzo al caer sobre una silla, seguido de sus pasos aproximándose.

–Eres tan hermosa que me dejas sin aliento –susurró él, posando las manos en sus caderas.

Angie estaba paralizada, helada, sus temores y sus anhelos la envolvían en una nube de emociones. Tuvo que recordarse que no se trataba del pasado, sino del futuro. Y en aquel instante, parecía posible que tuvieran uno ante sí... tan luminoso y prometedor que le aterrorizaba tocarlo.

Pero lo hizo. Volviéndose, observó al hombre que ya le había robado el corazón una vez y que amenazaba con hacerlo de nuevo. Alzó la mano y acarició su mentón antes de presionar sus labios contra su áspera piel y bajar por la línea de la barbilla.

Él le dejó hacer hasta que le pudo la impaciencia y, alzando su rostro hacia él, la besó lenta y sensualmente. Ella se aferró a sus musculosos hombros. Los pausados y eróticos movimientos de su lengua contra la de ella contrajeron los músculos de su vientre; su varonil olor y su sabor embriagaron sus sentidos.

Lorenzo deslizó las manos hasta sus nalgas y la

presionó contra sí. La evidencia de su deseo, el pulsante abultamiento bajo sus pantalones, arrancó un gemido de Angie, que se apretó contra él para sentirlo mejor. Lorenzo se meció, rozando con su firme miembro la parte más sensible de Angie, tentándola a través de la tela.

—Mira cuánto te deseo —musitó contra sus labios—. Me vuelves loco, Angelina.

Ella se estremeció, le flaquearon las rodillas. Lorenzo la subió sobre el alféizar de la ventana, le separó las piernas y, colocándose entre ellas, siguió con su juego de seducción hasta que Angie creyó estallar. Entonces ella llevó las manos al cinturón de Lorenzo, se lo soltó y le bajó la cremallera. Luego tomó entre las manos su endurecido sexo.

Lorenzo masculló un juramento y se las apartó, musitando:

—*Mi bellísima.* Si no te caliento, voy a hacerte daño.

—No —dijo ella, intentando soltarse—. Te necesito dentro.

Lorenzo le tomó las manos con fuerza y las apoyó en el alféizar.

—Déjalas ahí —ordenó.

Sin apartar los ojos de los de ella, se quitó la corbata y se desabrochó la camisa antes de arrodillarse ante ella. Tras quitarle lentamente los zapatos, subió las manos desde sus tobillos hasta la corva de las rodillas. Angie sintió que el corazón le aleteaba en el pecho cuando se las separó con un movimiento decidido.

—¡Lorenzo! —susurró, sintiéndose demasiado expuesta.

Él la miró con una expresión implacable y dijo:

—No te muevas.

Angie respiró profundamente. Lorenzo le besó el

interior de ambos muslos y fue ascendiendo entre besos y mordisqueos. Angie se mordió el labio, anhelante. Ansiaba que llegara allí donde quería tenerlo, estaba a punto de suplicar. Con la boca seca, vio que le subía el vestido para dejar a la vista sus braguitas de encaje negro.

Lorenzo las observó con mirada codiciosa.

—¿Te las has puesto para mí?

—Sí.

Esbozando una sonrisa, él susurró:

—Gracias.

Y agachando la cabeza la acarició con la lengua a través de la seda. Angie se asió con fuerza a la madera y cerró los ojos mientras seguía dándole placer

Lorenzo la besó entonces en el vientre a la vez que le quitaba las braguitas antes de volver a colocarse entre sus piernas y pasarle el dedo por la entrada a su íntima cueva. Jadeante, Angie sintió la sangre precipitarse en cascada por su cuerpo al sentirlo explorar sus delicados pliegues.

—Ya estás húmeda, *cara* —Lorenzo la miró con ojos centelleantes.

Angie cerró los ojos. Sintió el calor del aliento de Lorenzo antes de que su lengua encontrara la almendra en su centro y se la acariciara con una sensual precisión, arriba y abajo, dentro, fuera. Cuando sus piernas temblaron y empezó a gemir, Lorenzo la lamió lentamente, susurrándole que su sabor lo excitaba, lo endurecía.

Enfebrecida, al límite, Angie se asió con fuerza al alféizar. Lorenzo la penetró con los dedos, moviéndolos lenta pero decididamente hacia dentro y hacia fuera, proporcionándole un placer más profundo, más intenso.

–Mírame –le ordenó con voz ronca. Verlo entre sus piernas, acariciándola, la llevó al límite–. ¿Lo quieres así o prefieres que entre en tu precioso cuerpo?

Angie tragó para soltar el nudo que la ahogaba.

–Contigo –dijo, jadeante–. Contigo.

Lorenzo la tomó en brazos y la llevó al dormitorio mientras intentaba dominar la emoción que lo embargaba y que no quería sentir.

La dejó junto a la cama y, bajándole la cremallera del vestido, lo dejó caer al suelo. Entonces le hizo volverse y se deleitó en la contemplación de sus deliciosas curvas. Sus senos, redondos y altos, tenían el tamaño perfecto para sus manos; sus caderas se ensanchaban levemente sobre unas piernas espectaculares que él anhelaba tanto sentir alrededor de su cintura que no estaba seguro de poder seguir la lenta seducción que había planeado.

Quitándose la camisa y los pantalones, tomó a Angie por la cintura y la apretó contra sí para que sus cuerpos estuvieran en pleno contacto. Le tomó la barbilla en una mano y la besó lentamente hasta que la conexión que sintió con ella fue tan intensa y su excitación tan violenta, que creyó partirse en dos.

En aquella ocasión, cuando Angie deslizó la mano hacia su sexo, no protestó, sino que se arqueó hacia su palma, buscándola.

–¡Cuánto he echado de menos tu manos! –le susurró al oído.

La piel le ardía, las manos de Angie explorando su cuerpo le aceleraban la sangre. Cerró los ojos y gimió al ritmo de las caricias de Angie hasta que no pudo aguantar más y retirándole las manos, la tomó por la caderas y la echó en la cama. Luego le desabrochó el sujetador y lo tiró al suelo. Sus senos eran una tentación irresistible. Un estremecimiento recorrió a Angie cuando le pasó los pulgares por los pezones.

–Una fruta madura y deliciosa –susurró él, agachando la cabeza y succionándoselos alternativamente. Angie gimió y echó la cabeza hacia atrás, arqueándose contra su boca.

Lorenzo le mordisqueó un pezón mientras con la mano le retorcía el otro entre los dedos, hasta que se endurecieron contra sus labios y sus dientes.

–¡Por favor! –dijo Angie jadeante, hundiendo los dedos en el cabello de Lorenzo.

Su entrecortada súplica contrajo las entrañas de Lorenzo. Tomándola por los tobillos, le dobló las piernas para que se abriera a él, se arrodilló entre ellas y colocó la punta de su sexo en la húmeda entrada de Angie al tiempo que se mecía levemente hacia dentro.

–¿Me deseas, *cara*?

Ella asintió con sus ojos azules clavados en él.

–¿Cuánto?

–¡Todo tú! –gimió ella–. ¡Todo!

Apoyando las manos en la cama, él adelantó las caderas hasta penetrarla un poco más.

–Lorenzo –Angie se arqueó contra él–. Te necesito.

Una primaria satisfacción lo poseyó. Tenerla suplicante y tan vulnerable bajo él lo resarcía de todas las noches en las que ninguna otra había podido sustituirla, en las que su recuerdo le había robado la libido. Y aun así, mientras se mecía en su interior de seda, que se contraía en torno a él como un guante, supo que se estaría engañando si creía que no estaba tan afectado como ella.

Inclinándose hacia adelante, le pasó la lengua por el labio y susurró:

–No hay vuelta atrás –susurró–. Dime que lo entiendes.

–Sí –dijo ella, enfebrecida–. ¡Más!

Él la penetró profundamente sin apartar los ojos de ella.

–Dentro de ti estoy en el cielo, *cara*

Su lubricado, excitado cuerpo, lo absorbió y se expandió para acomodarlo. Lorenzo apretó los dientes para contenerse. El cuerpo de Angie se contrajo en sucesivas oleadas; sus músculos internos lo bombearon. Entonces Lorenzo se meció dentro de ella con decididos empujes diseñados para conducirla al orgasmo. Angie se asió a sus caderas al tiempo que él galopaba sobre ella, la hacía suya, y alcanzaba aquel punto en lo más profundo de Angie que arrancaba sus más primitivos gemidos.

Ella se arqueó contra él, queriendo tomar todo lo que le diera. Él se apoyó en una mano y deslizó la otra mano las piernas de Angie hasta encontrar el núcleo de sus terminaciones nerviosas.

–Siento cómo te comprimes a mi alrededor –musitó, pasándole el pulgar por el clítoris–. Así –susurró cuando ella se sacudió bajo sus dedos–. Y así –dijo cuando la recorrió otro estremecimiento–. Estalla para mí, *cara.*

Su siguiente caricia la lanzó. Su profundo gemido, la forma en que lo envolvió con una fuerte presión, lo empujó a él a una violenta y convulsa liberación. Recuperando el control, asió a Angie con fuerza por las caderas y la montó con determinación hasta que llegó una segunda vez.

Lorenzo seguía despierto mucho después de que su mujer se quedara dormida en sus brazos. Su cuerpo caliente y suave se acoplaba al suyo a la perfección, relleno todos los vacíos que lo acompañaban desde hacía tanto tiempo y de cuya existencia ya ni era consciente.

Con un nudo en el estómago, se desenredó de Angie y contempló el cielo por la ventana. A pesar de haberse prometido no hacerlo, aquella noche había traspasado una línea al permitir que los sentimientos enmarañaran lo que había entre ella y él. Si no tenía cuidado, se adentraría por un camino que se había jurado no recorrer; y la que saldría más perjudicada sería Angelina, no él.

Cuando Angelina lo abandonó, él estaba enamorándose de ella más profundamente de lo que nunca lo había estado de Lucia. Su amor por su primera mujer había sido puro e inocente, sin ápice de la pasión que compartían Angelina y él. La profundidad de sus sentimientos por Angelina, el sentimiento de culpabilidad que le habían provocado respecto a Lucia, la inmadurez y la tristeza que manifestaba Angelina, lo habían llevado a cauterizar sus emociones, a negarse a admitirlas.

Y su intuición había dado en el blanco. Angelina se había marchado en cuanto surgieron los primeros desacuerdos, olvidando sus votos matrimoniales... Y por eso no podía traspasar ciertas líneas.

Debía ser inteligente y seguir su plan original. Agotar la atracción que había entre ellos hasta que dejara de ejercer un poder sobre él.

Y puesto que ya tenía a Angelina en su cama, eso era precisamente lo que pensaba hacer.

Capítulo 9

POR QUÉ no vienes a Mallorca un par de semanas? Tengo que ir a nuestra sede central. Te podría presentar al equipo directivo y aclarar los últimos detalles cara a cara.

Lorenzo resopló. Bavaro estaba tensando la cuerda más de la cuenta.

–Me encantaría –dijo con calma–, pero tengo una agenda complicada. ¿No podemos vernos antes?

–Estoy camino de Londres. No volveré a Nueva York hasta mediados de octubre.

Eso era demasiado tarde.

–Veré lo que puedo hacer –dijo Lorenzo, resignándose.

–Magnífico. Ven un par de días. Podemos cenar con mi hermano Diego la noche de tu llegada y reunirnos con el equipo a la mañana siguiente –Ah... –Bavaro bajó la voz hasta convertirla en un ronroneo–, y trae a tu preciosa mujer... así hará compañía a Penny.

A Lorenzo no le hizo gracia que se refiriera a Angelina en aquel tono.

–Está verdaderamente ocupada, pero hablaré con ella.

–Espero tus noticias –se oyó el rugir de un motor–. Tengo que irme.

Lorenzo colgó irritado. En ese momento apareció Gillian preguntando si necesitaba algo y él le pidió que despejara su agenda. Luego se preguntó cómo iba a convencer a Angie para que lo acompañara. Tenía tantos encargos desde el desfile que había tenido que contratar a dos ayudantes.

Se reclinó en el respaldo. Su relación iba cada vez mejor. Estaban aprendiendo a ceder, a gestionar las expectativas que tenían el uno del otro. Se comunicaban tanto dentro como fuera de la cama. Lo último que necesitaba era provocar una crisis.

Aun así, necesitaba que Angelina lo acompañara. Tamborileó sobre el escritorio y se le ocurrió un plan. Tomó el teléfono.

–Tengo una propuesta.

Angelina sujetó el teléfono con el hombro y dejó los alicates. La voz ronca y aterciopelada de su marido hizo que la piel le quemara a pesar de que sabía que era producto del cansancio y de su demencial ritmo de trabajo.

–Si implica que duermas más, me apunto –dijo, animada–. ¿A qué hora te has levantado esta mañana?

–A las cinco. Y sí, implica que los dos durmamos más –dijo él en un tono que puso la carne de gallina a Angie–. O al menos en una cama. Lo de dormir no estoy tan seguro.

El corazón de Angie aleteó en su pecho. Desde el desfile de Alexander, era tan feliz que no se atrevía a pestañear por miedo a estar soñando.

–¿De qué se trata?

–La única manera de ver a Bavaro es acudir a su propiedad de Mallorca en dos semanas. Penny lo va a acompañar y quiere que tú también vengas.

Angie se llevó la mano a la sien.

–Lorenzo..., tengo mucho trabajo hasta Navidad.

–Esa es la propuesta. Si me acompañas a España,

te libero de todos los demás compromisos que tenga hasta octubre.

–¿Vas a ir solo?

–Sí.

La idea de dejar que Lorenzo fuera solo a los eventos, teniendo en cuenta cómo lo miraban las mujeres, no le gustaba. Irse una semana era una locura... Pero, ¿cómo iba a negarse después de cómo la había ayudado Lorenzo, acompañándola a visitar a su madre, animándola a contratar a un par de ayudantes, acostándola cuando estaba demasiado cansada como para ir por sí misma a la cama?

–Antes de volver podemos acercarnos a Portofino –añadió Lorenzo, susurrante–. Y cenar en ese restaurante que te gusta tanto...

A Angie le dio un salto el corazón al recordar la maravillosa semana que habían pasado durante su luna de miel en el pueblo pesquero: los paseos por las calles adoquinadas, las cenas al borde del mar, las noches en las que su marido le había enseñado delicias que ella había desconocido hasta entonces.

–Di que sí –la animó Lorenzo–. Nos sentará bien, *cara*.

Angie exhaló.

–Vale. Pero prométeme que no será más que una semana.

–*Bene* –dijo Lorenzo, aliviado–. Gillian se ocupará de los detalles. *Grazie mille, bella.* Tengo que irme.

Angie colgó y se quedó mirando las piezas que cubrían su mesa de trabajo. No podía fracasar. La oportunidad que le había dado el éxito alcanzado en el desfile de Alexander se presentaba una sola vez en la vida. Pero tampoco podía permitir que fracasara su matrimonio.

Podría con todo. Confiaría en sus ayudantes y planificaría el calendario.

Angie trabajó frenéticamente las dos siguientes semanas, de manera que cuando se sentó en el avión, estaba exhausta. En cuanto cenó, reclinó el asiento y durmió profundamente mientras su inagotable marido seguía trabajando.

Despertó al sentir un beso y vio los ojos de su marido pegados a los suyos.

–Despierta, Bella Durmiente. Vamos a aterrizar –susurró Lorenzo.

Angie parpadeó.

–¿Ya?

–En media hora. Puedes ir a refrescarte antes de desayunar algo.

Angie fue a cambiarse y a retocarse el maquillaje, pero no pudo desayunar más que un café y un zumo de naranja porque sentía el estómago como si fueran las dos de la madrugada.

El chófer los condujo por las verdes montañas de la costa noroeste de Mallorca hasta el Belmont, considerado uno de los hoteles más refinados del mundo. Situado en un valle rodeado de escarpadas cumbres, sus dos casas señoriales ofrecían una vista espectacular de un pueblo medieval.

Todavía exhausta, Angie se echó una siesta en su luminosa suite mientras Lorenzo pasaba la tarde con Marc. Pero incluso después de levantarse y ducharse, el cuerpo le pesaba como si fuera de plomo.

Mientras intentaba decidir qué ponerse, pensó que no recordaba haberse sentido así desde el primer trimestre de su embarazo. Se quedó paralizada... No era posible. Estaba tomando la píldora. Había tenido mucho cuidado.

Pero pensar racionalmente no impidió que corriera a su bolso para asegurarse de que no se había saltado ninguna dosis. Aliviada, aprovechó para tomarse el antibiótico que le habían recetado después de una intervención dental, y volvió al vestidor.

Optó por un vestido color crema. Estaba descolgándolo cuando sintió un vacío en el estómago. Antibióticos y píldora anticonceptiva... ¿No había leído en alguna parte...?

Lorenzo observó a Angelina a través del espejo mientras se abotonaba la camisa. Con un vestido marfil que le llegaba a la rodilla y un pañuelo floreado al cuello, estaba espectacular, pero su rostro reflejaba una preocupación que Lorenzo no había visto en las últimas semanas.

–¿Estás bien?

Ella asintió.

–Solo un poco cansada. Perdona, sé que estoy un poco callada.

–No tienes que disculparte por estar callada. Solo quiero asegurarme de que estás bien.

–Perfectamente –Angie se volvió hacia el espejo y se puso perfume tras las orejas.

–¿Es por el trabajo?

–No, me pondré al día cuando vuelva.

–Entonces, ¿qué te pasa?

Angie se volvió con gesto de impaciencia.

–Deja de tratarme como si fuera una cría, Lorenzo. Estoy bien.

Él enarcó una ceja y ella añadió en un tono más calmado:

–Solo estoy un poco estresada. Y llevo mal el cambio de hora.

Lorenzo fue hasta ella.

–Intenta relajarte y disfrutar de esta semana –le acarició la mejilla–. Te mereces un descanso. Hoy no tienes que preocuparte de nada –le pasó el pulgar por los labios–, a no ser que quieras ocuparte de mí.

Angie se ruborizó y Lorenzo le besó la sien a la vez que aspiraba su delicioso perfume oriental, que combinaba a la perfección con su embriagadora personalidad. Por un instante la retuvo y supo que sus sentimientos hacia ella eran mucho más profundos de lo que jamás estaría dispuesto a admitir.

Ella apoyó la cabeza en su pecho y dijo quedamente:

–Debemos irnos.

Él esbozó una sonrisa y le dijo al oído:

–Pronto volveremos.

La cena con los hermanos Bavaro se celebró en la terraza del famoso hotel. Diego, el hermano de Marc, y su mujer, Ariana, se unieron a la cena. Con Penny, eran seis, y la velada transcurrió animadamente.

Diego, que se había mantenido en un segundo plano durante las negociaciones, se parecía a su hermano físicamente, pero era mucho más extrovertido.

Lorenzo pensó que si conseguía hacerle hablar, podrían hacer progresos. Esperó a que el delicioso vino español empezara a hacer efecto y se creara una atmósfera relajada y amigable antes de reclinarse en el respaldo y, equilibrando la copa en el muslo, mirar a Diego y decir:

–Tengo la sensación de que tienes dudas. Si no se

trata de un problema legal, me gustaría saber qué es lo que os inquieta.

Diego bebió antes de contestar:

–A mi padre le preocupa que el legado Belmont desaparezca con la venta, que te quedes solo con algunos hoteles y te deshagas de los demás.

A Lorenzo se le aceleró el pulso. Eso era precisamente lo que pretendía hacer.

–La decisión final dependerá de la evaluación que hagamos –dijo con calma–. Pero dado que os ofrezco una fortuna por la cadena, no sé por qué os preocupa lo que vayamos a hacer.

–No todo es cuestión de dinero –dijo Diego–. También existe el orgullo familiar, y nacional. Para los españoles los Belmont son un símbolo de éxito internacional.

–Claro que el dinero lo es todo –dijo Lorenzo–. Nada es eterno. En unos años, os darían la mitad de lo que yo os ofrezco.

–Es posible –Diego se encogió de hombros–, pero si quieres contentar a mi padre, incluye una cláusula en el contrato diciendo que mantendrás el nombre.

Lorenzo apenas pudo disimular su indignación.

–No tiene ningún sentido. Con este acuerdo Ricci se convertiría en la primera cadena de hoteles de lujo del mundo. Mantener dos marcas comerciales sería perjudicial.

Se produjo un silencio en la mesa. Mirando al menor de los Bavaro, Lorenzo dijo:

–¿Por qué habéis tardado tanto en plantear este problema?

–Para mi padre se ha convertido en un asunto crucial a última hora –explicó Diego–. Y puede convertirse en un gran obstáculo para la firma.

Lorenzo pensó que su padre habría actuado igual que el viejo Bavaro, pero le enfurecía que cambiaran los términos de las negociaciones.

–La adquisición tiene que producirse –dijo, impertérrito–. Vuestro padre tiene que incorporarse a las conversaciones. Una vez firmemos no aceptaremos condiciones.

Los ojos de Diego centellearon.

–Como sabes, nunca tuvimos la intención de vender.

En ese momento, Lorenzo supo que se enfrentaba a un grave problema.

Angie recorría la suite arriba y abajo mientras esperaba a su marido, que se había quedado a tomar una copa con los hermanos Bavaro. Después del tenso fin de la cena, se había alegrado de retirarse, pero tenía entre manos un asunto mucho más acuciante que su temperamental marido.

Con la excusa de que tenía que comprar un antihistamínico, Penny la había llevado a la farmacia local. Había comprado dos pruebas de embarazo, y las dos habían salido positivas. El destino volvía a tomar las riendas de su vida.

Sintiendo que se asfixiaba, se acercó a la ventana. Sabía que el bebé era un regalo, pero llegaba en el momento menos oportuno. Tenía que dirigir su negocio, ocuparse de su madre y acompañar a Lorenzo en su apretada agenda. Pero, por encima de todo, le aterraba sufrir un aborto.

Oyó la puerta abrirse y se volvió, haciendo lo posible para contener su ansiedad.

–¿Qué ha pasado? –preguntó.

Él fue hasta el bar y se sirvió una copa.

–Conservar el nombre Belmont va a ser un serio obstáculo.

–¿No crees que cederán?

Lorenzo dio un largo trago.

–Lo dudo.

–¿Y si hablaras con su padre?

–Sería el último recurso. Antes tengo que intentar convencer a Marc y a Diego.

Angie frunció el ceño.

–¿No lo habían mencionado antes? Es extraño que lo planteen a última hora.

–Si lo hubieran hecho, me acordaría.

El tono sarcástico de Lorenzo alarmó a Angie. Así era como se comportaba en el pasado, cuando se obcecaba con un objetivo y trataba desdeñosamente a cualquiera que hiciera una sugerencia.

En tensión, se abrazó a sí misma y se clavó las uñas en los brazos.

–Era una pregunta retórica –dijo con un hilo de voz–. Sé que es un acuerdo muy importante para ti, Lorenzo, pero si fracasara, no puede convertirse en una obsesión para ti.

Él la miró despectivamente.

–Es una compra de quince millones de dólares, Angelina. La reputación Ricci está en juego.

–Y la tuya. ¿No es eso lo que de verdad te importa?

–Ni mucho menos –dijo él con aspereza–. Empiezan a circular rumores y los accionistas se inquietan. Mi responsabilidad es cerrar la adquisición.

–¿Y si no lo consigues? –Angie sacudió la cabeza–. ¿Y si alguna vez fallas? Has cerrado satisfactoriamente decenas de negocios. ¿No crees que ya te has ganado el respeto de los inversores?

Lorenzo apretó los dientes.

—No sabes de lo que hablas.

—Puede que no —admitió Angie—. Pero cuando te pones así, sé lo que pasa a continuación.

—Todo está bien. Lo nuestro va bien —dijo él con un resoplido de impaciencia—. Deja de ver problemas donde no los hay.

¿Tendría razón? Angie era consciente de que estaba confusa y angustiada, pero no era el momento de decirle a Lorenzo que estaba embarazada, de hacerle comprender por qué era tan importante que su relación fuera bien.

—Querías que fuéramos un libro abierto —dijo, mirándolo a los ojos—. Por eso te digo lo que siento.

Lorenzo fue hasta ella y le dio un beso firme en los labios.

—Y yo te digo que no debes preocuparte. Solo necesito unos minutos para calmarme —Angie asintió con la cabeza. Él le acarició la mejilla y añadió—: Estás agotada. Ve a la cama. Enseguida te sigo.

—No tardes. Anoche no pegaste ojo.

Lorenzo asintió distraídamente, y Angie supo que tardaría en acostarse. Sola en la cama, sin la intimidad de la que habían disfrutado las semanas anteriores, sintió un frío helado recorrerla, un paralizador miedo respecto al futuro.

Lorenzo fue a la cama a las dos de la madrugada. La tentación de mitigar su ansiedad en el precioso cuerpo de su mujer fue tentadora, pero dormía tan apaciblemente que no quiso perturbarla.

Pensó en lo callada que había estado. Intuía que le pasaba algo y temía volver a pasar por alto señales evidentes, no ver lo que tenía ante sus ojos.

Aspiró su aroma profundamente y, tomándola por

la cintura, la atrajo contra su pecho. Ella masculló algo en sueños y se acurrucó contra él. Lorenzo se incorporó sobre un codo para observarla. Esbozando una sonrisa, le besó la mejilla. El sabor salado que notó en los labios lo desconcertó. La miró atentamente bajo la luz de la luna. Había estado llorando.

Tuvo que apretar el puño para no despertarla. ¿Qué le estaba ocultando? Pero se contuvo y la abrazó de nuevo. Al día siguiente, en Portofino, averiguaría qué estaba consumiendo a su esposa.

Capítulo 10

PORTOFINO, con sus calles adoquinadas, sus casas de colores y su puerto en forma de media luna, era tan bonito y pintoresco como Angie lo recordaba.

Estaban terminando de almorzar en su restaurante favorito. Lorenzo se había sacudido el malhumor del día anterior y parecía centrarse exclusivamente en ella. Tanto, que Angie estaba cada vez más nerviosa. El secreto que guardaba, empezaba a pesarle como un yunque.

Había intentado encontrar el momento adecuado, pero ninguno lo era. No se veía diciendo: «Por favor pásame la sal. Por cierto, estoy embarazada». Así que seguía fingiendo que todo iba bien.

Lorenzo llamó al camarero y le pidió la cuenta.

A Angie se le aceleró el corazón.

—¿No querías tomarte un brandi? –preguntó.

—Prefiero un expreso en casa.

La forma en la que Lorenzo la miró indicó a Angie que no lo había engañado. La sangre le fluyó a las sienes mientras él pagaba y, tomándola de la mano, la guiaba colina arriba hacia la villa.

Cubierta de buganvilla rosa y morada, oculta tras el follaje del jardín, la casa de verano de Octavia era un paraíso.

Angie salió a la terraza mientras Lorenzo se preparaba un café. Apoyó las manos en la barandilla y contempló la espectacular vista del mar. La brisa le acariciaba el cabello. Era, definitivamente, el paraíso. Si consiguiera encontrar las palabras...

Lorenzo salió, se sentó en una de las cómodas sillas desde las que se divisaba la vista y, dejando la taza en la mesa, preguntó:

–¿Piensas decirme qué te pasa?

Angie se volvió..

–Lorenzo...

–*Dannazione*, Angelina –él perdió los estribos–. ¿Cuántas veces tengo que repetírtelo? Tienes que ser sincera conmigo. Llevo horas esperando a que me digas qué te sucede.

–Ayer no estabas en el estado de ánimo adecuado, y no es algo de lo que hablar en un restaurante.

–Incluso antes de la cena te pregunté que qué pasaba y dijiste que nada –dijo él, furioso–. Pero cuando fui a la cama supe que habías llorado porque noté sal en los labios al besarte.

Angie suspiró profundamente.

–No podía entender por qué estaba tan cansada. Solo me había sentido así en mi embarazo. Así que fui a asegurarme de que había tomado la píldora y al encontrar los antibióticos, solo tuve que sumar dos más dos.

Lorenzo la miró desconcertado.

–¿Y?

–Los antibióticos pueden interferir con la píldora –dijo Angie quedamente–. Estoy embarazada, Lorenzo.

El rostro de Lorenzo no dejó entrever la mínima emoción. Solo en el fondo de sus ojos Angie atisbó algo que la hizo estremecer.

–¿Estás segura?

–Penny me llevó a la farmacia.

Lorenzo guardó un prolongado silencio que Angie rompió con los nervios a flor de piel.

–¿Qué estás pensando?

–Intento asimilarlo –dijo él–. ¿Estás asustada?

Angie asintió y le tembló la barbilla.

–Sé que es maravilloso, pero tengo miedo, no puedo evitarlo.

La mirada de Lorenzo se dulcificó.

–Ven aquí.

Ella se acercó titubeante y Lorenzo la sentó en su regazo.

–Es normal que te asustes –musitó contra su cabello–. Perdimos un bebé. Lo pasaste muy mal.

Angie cerró los ojos y se cobijó en él. Despertarse con contracciones y sabiendo que algo iba mal había sido aterrador. Con el bebé, había perdido una parte de sí misma. Pero lo que más la asustaba era pensar que quizá ella lo había provocado; el miedo a no ser una buena madre. Y eso nunca lo había compartido con Lorenzo.

–Tengo miedo de cómo nos vaya a afectar.

–Todo irá bien –dijo él con serenidad–. La vida es una continua sorpresa, Angelina.

–Lo sé –ella se mordió el labio–. Pero ¿qué va a ser de mi carrera? ¿Cómo voy a seguir adelante cuando tenga el bebé?

–Contratarás más ayudantes; harás lo que tengas que hacer.

–¿Y si quiero contratar a una niñera?

Lorenzo se tensó.

–Lo hablaremos en su momento.

Angie percibió al instante su cambio de actitud y dijo a la defensiva:

–Quieres que me quede en casa tal y como hizo tu madre.

–Sé que tengo que ceder, pero no quiero que una niñera críe a nuestro hijo. Un niño, como tú sabes mejor que nadie, necesita a su madre.

Angie no supo con precisión qué la enfureció más, si que Lorenzo considerara su propia familia como un modelo de perfección o que insinuara que ella era un producto defectuoso debido a su madre.

Empujándolo, se puso en pie de un salto y lo miró con los brazos en jarras.

–Tienes razón, lo sé mejor que nadie. Como sé lo que es sentir que no tienes ningún control sobre tu vida; lidiar día a día con esas sorpresas de las que hablas. Sí, Lorenzo, soy una experta en navegar las procelosas aguas de la infancia. Así que puedes creerme cuando te digo que jamás desatenderé a mi hijo.

Las facciones de Lorenzo se endurecieron.

–Yo no he dicho que fueras a hacerlo.

–Sí lo has dicho –Angie alzó la barbilla–. Una niñera a tiempo parcial no será perjudicial para el desarrollo de nuestro bebé.

–No has dicho que fuera «a tiempo parcial».

–Pues lo digo ahora. Seré yo quien esté al cargo, Lorenzo. No te dejaré que me ignores y tomes todas las decisiones. Si no, me llevaré al heredero Ricci y no volverás a verlo.

Lorenzo la miró con ojos como ascuas.

–Tranquilízate, *cara*. Estás sobreactuando.

–¿Tú crees? Has sido tú quien me ha chantajeado para que vuelva contigo.

–Sí –Lorenzo sonrió con superioridad–. Y tú has prometido intentar que nuestro matrimonio funcione.

Y permite que te diga que ni siquiera me has dado un segundo para asimilar que voy a ser padre.

Angie se sintió culpable al instante al verse así misma en aquella actitud beligerante, con el pecho agitado... Tan confusa.

Lorenzo la tomó por la cintura y la volvió a sentar en su regazo.

–Vamos a enfrentarnos a esto juntos –dijo entonces con calma–. Ni tú vas a hacer una de tus escenas, ni yo voy a emitir ningún decreto, Angelina. Lo discutiremos y llegaremos a un acuerdo.

Angie lo miró prolongadamente y, suspirando, asintió con la cabeza.

–Dicho esto –continuó Lorenzo–. ¿Qué es exactamente lo que he dicho que te ha enfurecido tanto?

Angie tardó unos segundos en contestar.

–En parte es Octavia y que hables de ella como una figura mítica: la madre tierra que creó la familia ideal. La otra parte tiene que ver conmigo. Creo que temo no poder ser una buena madre, que no está en mis genes.

Lorenzo la miró con dulzura.

–Tienes una excelente relación con tu hermana. Has cuidado de tu madre desde los quince años. ¿No te parece suficiente prueba de que puedes ser una buena madre?

Angie se quedó pensativa. Nunca lo había pensado desde ese punto de vista. También ella podía haber reaccionado como su padre y pretender que su madre no tenía un problema. Pero no había sido capaz. Súbitamente se dio cuenta de que se estaba saboteando a sí misma.

–Lo siento –dijo quedamente–. Cuando estoy asustada o confusa, me enfado y ataco.

–Ahora que te conozco mejor –dijo él mirándola fijamente–, no voy a permitir que tus miedos nos separen. Este bebé es nuestra segunda oportunidad, Angelina. Pero tienes que luchar por nosotros como yo lo estoy haciendo.

Angie asintió y posó la frente en la de él.

–Lo siento –dijo–. Es difícil cambiar hábitos tan enraizados.

Lorenzo le tomó el mentón y atrajo su boca a la de él. Ella recibió su beso codiciosamente, anhelante, como sin con él quisiera borrar sus miedos. Porque en el fondo, creía que podían conseguirlo, que podrían construir algo hermoso juntos.

Lorenzo la afianzó contra su boca, presionándole la nuca. Ella se entregó completamente al beso, que se fue haciendo más tórrido, más envolvente, hasta que estuvo a punto de consumirlos.

Lorenzo desabrochó los botones de la pechera del vestido de Angie y expuso su cuerpo a su mirada. Ella se estremeció cuando él cubrió sus senos con sus manos y le frotó los pezones hasta endurecérselos como piedras antes de lamerlos y mordisquearlos.

Entonces alzó la vista y devorándola con la mirada, dijo:

–Mi hijo te succionará así el pecho –dijo con voz ronca–, ¿sabes cómo me excita eso, Angelina?

El corazón de Angie le golpeó el pecho hasta dejarla sin aliento. Lorenzo siguió mirándola fijamente antes de deslizar la mano por su muslo y alcanzar el trozo de tela que cubría la parte más íntima de su cuerpo.

Ella abrió las piernas para facilitarle el acceso. Apartando la seda, Lorenzo se adentró en su húmedo interior con los dedos, acariciándola hasta hacerla gemir y estremecerse. Movió los dedos dentro y fuera en una creciente velocidad, hasta que sus músculos se contrajeron en torno a ellos, succionándolos hacia su interior.

Él le besó la sien y susurró:

—Deberíamos entrar.

—¡Aquí! —gimió ella.

Y levantándose, se quitó las bragas y se sentó a horcajadas sobre él, dejando espacio para poder bajarle la cremallera del pantalón, liberar su pulsante y endurecido sexo y acariciarlo hacia arriba y hacia abajo.

—Angie —dijo Lorenzo, jadeante—. Nos pueden ver los vecinos.

Angie hizo oídos sordos y siguió acariciándolo, deleitándose en la piel d terciopelo que cubría su miembro de acero. Su marido cerró los ojos y le dejó hacer, diciéndole cuánto le gustaba lo que hacía, cuánto lo excitaba... entonces la levantó por las caderas y colocando la punta de su sexo en el centro de Angie, se adentró en su sedosa y lubricada cueva.

La penetración fue tan lenta y controlada que Angie creyó morir. Estremeciéndose, se asió a la nuca de Lorenzo. La mirada de placer que vio en sus ojos, las emociones que descubrió reflejadas en ellos, estuvieron a punto de hacerla estallar. Atrapando la boca de Lorenzo, musitó:

—¡Más!

Lorenzo la embistió con un empuje que le hizo exhalar el aliento sonoramente. Asiéndose a sus hombros, Angie absorbió las ondas del embate, sorprendiéndose al notar que alcanzaba donde no había llegado nunca antes, intuyendo que lo que había entre ellos estaba devolviéndole partes de sí misma que ni siquiera sabía que existieran.

En ese instante supo que nunca había dejado de amar a Lorenzo. Y ese pensamiento la aterrorizó.

Sin apartar la mirada de la de él, borró ese pensamiento entregándose a Lorenzo plenamente, succionándolo aún más dentro, girando las caderas y meciéndose sobre él, amoldándose a su duro sexo, cuya presión la fue aproximando hacia un estallido que iba a tener la fuerza de un tsunami.

La mirada vidriosa de Lorenzo le indicó que él lo sentía tan cerca como ella. Lorenzo la rodeó por la cintura y la penetró más profundamente, con más fuerza.

–Lorenzo... –gritó ella, suplicante.

Él le presionó el coxis para que se inclinara y se frotara contra él, para que intensificara su propio placer. Angie gimió profundamente al sentir que su cuerpo ardía. Él continuó empujando hasta que tocó el punto que le proporcionaba el placer más extremo, y siguió golpeándolo hasta que Angie sintió que se convertía en una bola de fuego y experimentó una explosión que la dejó sin sentido.

Su marido la siguió con un gemido profundo; su cuerpo sacudiéndose con la fuerza de la liberación, y la intensidad erótica de la experiencia dejó a Angie sin aliento.

No supo qué tiempo había transcurrido antes de que Lorenzo la tomara en brazos y la llevara a la cama. La penumbra de la habitación la envolvió mientras caía en un sueño profundo, abrazada a Lorenzo.

Tenía que darse prisa. El corazón le latía aceleradamente. Las luces del coche iluminaban la puerta roja con el número veintinueve.

Abrió la puerta y entró. Nada.

Lucia había llamado desde el despacho.

Corrió escaleras arriba. Oía el eco de voces. Los intrusos seguían allí.

Se pegó a la pared y siguió avanzando por el corredor hasta llegar a la puerta del despacho. El silencio procedente del interior le heló la sangre.

Entró sigilosamente. Se quedó paralizado. Sangre por todas partes. El rastro terminaba en la mujer tirada sobre el escritorio.

La habitación empezó a dar vueltas. Saliendo de sus parálisis acudió a atenderla; a salvarla. Un movimiento súbito; una mano alrededor de su muñeca; el brillo de una placa de policía sostenida en el aire...

Había llegado demasiado tarde. Siempre llegaba tarde.

Lorenzo se incorporó bruscamente, sudoroso. El corazón le latía desbocado. Tardó unos segundos en darse cuenta de que la mujer que estaba a su lado era Angie, no Lucia.

En ese momento Angie alargó la mano hacia él. Lorenzo posó la mano en su espalda y le susurró que se durmiera. Ella masculló algo y se abrazó a la almohada.

Lorenzo respiró profundamente para intentar calmarse. Estaba empapado en sudor. Se levantó sigilosamente y fue a darse una ducha.

Envuelto en una toalla a la cintura, salió a la terraza; los últimos flecos rosados del amanecer terminaron por despejar la pesadilla.

Observó el sol ascender como una bola de fuego. «Voy a ser padre». Aunque ese hubiera sido el objetivo, no había contado con que sucediera tan pronto. Tenía que asimilar la noticia porque sus sentimientos eran tan contradictorios como los de su mujer.

Por un lado sentía felicidad, aunque teñida por cierta tristeza al pensar en su hermano. Y por otro sentía pánico a la pérdida.

Perder a su hijo cuando todavía se recuperaba de la pérdida de Lucia le había hecho encerrarse en sí mismo y con ello había dejado a Angelina sola justo cuando más lo necesitaba.

Apretó los dientes. En aquella ocasión todo sería diferente. Se aseguraría de que su relación con Angelina tuviera una base firme y sólida; se ocuparía de ser la fuerza estable y protectora que necesitaba durante su embarazo. Haría lo que fuera para ahuyentar los temores de Angelina aunque sin cruzar nunca la línea tras la que se había jurado permanecer.

Angelina despertó al delicioso aroma de café.

–El desayuno está servido –le dijo al oído la voz aterciopelada y sensual de su marido.

Abrió los ojos y vio que Lorenzo estaba vestido y afeitado. Él la besó delicadamente en los labios y ella enredó los dedos en su cabello.

–He comprado bollos en el pueblo –dijo Lorenzo, indicando la bandeja.

–¿Eso es un cruasán de chocolate?

–¿Tú qué crees?

Angie los adoraba y su marido conocía todas sus debilidades. Bebió un sorbo de café mirando a Lorenzo por encima de la taza. Tenía ojeras.

–¿Te has levantado por la noche? Me ha parecido oírte.

—Me he despertado temprano —dijo él, tomando un trozo de cruasán—. En el camino de vuelta se me ha ocurrido una idea.

Angie arqueó una ceja y él continuó:

—Una vez adquiramos los hoteles Belmont, tendremos que hacer obras para adaptarlos a la cadena Ricci. ¿Querrías abrir una tienda de tus creaciones en cada uno de ellos?

—Todavía no has cerrado el contrato. ¿No te estás adelantando?

—Terminará pasando. ¿No te parece una buena idea?

Lorenzo hablaba en serio. Angie sintió que el corazón se le henchía. En el pasado habría dado cualquier cosa por oírle decir algo así, por saber que creía en su trabajo. Pero en aquel momento, el bebé debía ser su prioridad.

—Me siento muy halagada —dijo con cautela—, pero ya tengo más trabajo del que podría soñar. Además, con el bebé, voy a estar muy ocupada.

—Es verdad —Lorenzo frunció el ceño—. Lo he sugerido porque siempre quisiste que hiciéramos algo juntos. Lo importante es que estés contenta, Angelina. Eso es lo que quiero.

Angie sintió una felicidad que amenazó con hacerle estallar el pecho. Jamás había soñado que pudieran estar así. Que pudieran alcanzar aquella sintonía.

Pero aunque quisiera librarse de sus temores, atreverse a amar a Lorenzo plenamente y creer en que podían estar juntos siempre en armonía, se sentía demasiado vulnerable como para dar ese último paso.

Lorenzo la observó con una mirada que la hizo estremecer y susurró:

—¿Vas a tomar ese cruasán, o no?

Ella negó con la cabeza. Él entonces la besó apasionadamente antes de deslizarse lentamente por su cuerpo, besándolo, lamiéndolo. Para cuando unieron sus cuerpos, Angie no podía pensar, solo sentir.

Susurrándole al oído y masajeándole los senos, Lorenzo empezó a moverse y a seducirla tanto con palabras como con su cuerpo. Con el corazón a punto de escapársele por la boca, Angie se negó a considerar la posibilidad de que su marido no llegara a amarla nunca. Se negaba a seguir saboteando su propia felicidad.

Capítulo 11

DURANTE la semana que siguió al viaje a Italia, Angie estuvo ocupada poniéndose al día con los encargos que se habían acumulado en su ausencia. Sumergirse en el trabajo le permitió conseguir su otro objetivo: no preocuparse por su embarazo.

El médico había confirmado su estado y la había tranquilizado diciéndole que todo iba bien, y Angie se había propuesto no angustiarse innecesariamente.

Por su parte, su marido parecía haber adoptado la estrategia contraria y monitorizaba lo que comía y sus horas de sueño como un halcón. Al menos cuando estaba en casa. Desde que habían vuelto, trabajaba día y noche para sacar adelante el trato con Belmont y como Franco se había embarcado en otra negociación para la que requería los consejos de su hermano, era Lorenzo quien no comía ni dormía.

Angie sabía que estaba particularmente ocupado, pero a medida que pasaban los días le inquietaba que recayera en los hábitos del pasado. El vínculo que habían establecido era demasiado reciente y frágil como para que las señales de alarma no la afectaran.

Después de otra intensa sesión de trabajo, Angie entró en el apartamento, se descalzó y se hizo un té antes de sentarse a leer y esperar a Lorenzo. Pero no consiguió concentrarse en la lectura.

En el pasado, había semanas en las que Lorenzo ni siquiera volvía a dormir. Los antiguos temores empezaron a asentarse, la inseguridad se apoderó de ella. Puesto que habían dejado de cenar juntos porque Lorenzo llegaba demasiado tarde y se negaba a despertarla cuando volvía, ni siquiera tenía el consuelo del apasionado sexo que siempre conseguía hacerle creer que no había obstáculo insuperable para ellos.

Su agitación se intensificó con cada minuto que pasaba. Quizá Lorenzo ya había conseguido lo que quería y había perdido interés en ella. Quizá la distancia que había intuido desde que volvieran de Portofino no era un producto de su imaginación, sino la realidad.

Dieron las diez. Dejó el libro y decidió ser proactiva, tomar las riendas de la relación.

Fue al dormitorio y se puso el provocativo picardías marfil y negro que había comprado aquella semana. Se miró en el espejo y se sonrojó. El encaje marfil apenas ocultaba sus agrandados pezones; la seda abrazaba sus curvas en una seductora caricia que era pura tentación.

Se soltó el cabello y lo sacudió. Sonriendo para sí, se dijo que si aquello no hacía volver a Lorenzo a casa, nada lo conseguiría.

Al volver a la mesa del restaurante en el que Gerald, su director de marketing, y él entretenían a un grupo de hombres de negocios japoneses, encontró su teléfono sobre la silla.

–He pensado que no querrías que toda la mesa viera eso –dijo Gerald con una sonrisa cómplice. Se inclinó hacia Lorenzo y añadió–: Si yo fuera tú iría a casa ahora mismo.

Lorenzo miró la pantalla y estuvo a punto de atragantarse con el trago de cerveza que había tomado. Su mujer aparecía con una pieza de lencería que no había visto nunca y que apenas tapaba su desnudez. Con el cabello suelto, era la tentación personificada.

Leyó el mensaje: *¿Vas a volver a casa?*

Lorenzo sintió que le ardían las mejillas. No le costó nada verse quitándole la prenda, imaginar cómo sabría bajo su boca. Había creído que su frenética agenda les serviría para enfriar su relación después de la intensidad emocional que habían compartido en Portofino, pero aquello era irresistible.

—No has visto nada —masculló a Gerald.

—¿Yo? —dijo este con fingida inocencia—. Si quieres irte, te cubro.

Lorenzo metió el teléfono en el bolsillo planeando cómo escapar, pero sus socios japoneses insistieron en ir a un club, y habría sido una descortesía no acompañarlos.

Mandó un mensaje a su mujer: *En cuanto pueda. Espérame.*

Pero no llegó hasta las doce. El apartamento estaba a oscuras. Dejó escapar una maldición y tiró la chaqueta sobre una silla

Temblando de frustración, fue a soltarse la corbata. El destello de un movimiento junto a la ventana atrajo su atención

Era su mujer. Su silueta se recortaba contra el perfil de Nueva York, el sexy picardías se pegaba a cada milímetro de su voluptuoso cuerpo. Sus senos estaban más llenos por el embarazo y los hipnóticos pezones que se veían a través del encaje le hicieron la boca agua...

—Me has esperado —dijo Lorenzo con voz ronca, apenas conteniendo su deseo.

—Me iba a la cama.

El tono fue frío, distante. Lorenzo fue hacia ella.

–He intentado escaparme, pero ha sido imposible.

–No pasa nada –Angie se cruzó de brazos, lo que elevó y expuso más los senos que Lorenzo anhelaba tocar–. Estoy cansada. Me voy a la cama.

Lorenzo le tomó la mano y la atrajo hacia sí.

–Sé que estás enfadada –musitó–. Deja que te mime. Te deseo tanto, *cara mía*.

Angie alzó sus centelleantes ojos azules hacia él.

–No.

–¿Cómo que no? –dijo él desconcertado–. Me has mandado una foto en lencería.

–La oferta ha expirado hace una hora

–Eres mi mujer –masculló él–. Las ofertas no expiran.

Angie frunció los labios.

–Esta sí –dijo–. Quizá la próxima vez la invitación te interese lo suficiente como para que vuelvas antes de medianoche.

Lorenzo frunció el ceño.

–Estás siendo injusta.

Angie sacudió la cabeza.

–La historia se repite, Lorenzo. No me gusta, y no me lo estoy imaginando.

–No se parece en nada al pasado. Ahora hablamos, nos comunicamos. Que te haya ofendido por no venir corriendo no significa que no te esté prestando atención, sino que estoy ocupado.

La expresión de Angie se ensombreció.

–Que te hayas tomado unas copas y estés excitado no significa que puedas actuar como un niño caprichoso. Aprende la lección y la próxima vez te irá mejor.

Dio. Estaba tan hermosa cuando se enfadaba... A Lorenzo le excitó aún más aquella versión fuerte y sexy de su mujer.

–*Bene* –dijo en tono conciliador–. Lección aprendida –deslizó una mirada sensual por el cuerpo de Angie–. ¿Qué quieres que haga? ¿Qué me arrodille y te suplique?

Al percibir un leve titubeo en ella, Lorenzo dio otro paso adelante.

–De paso, podría darte placer con mis manos y mi boca.

Una chispa ardiente asomó a los ojos de Angie antes de que la reemplazara de nuevo el hielo.

–No soy un objeto del que puedas disponer a tu gusto.

–No es la primera vez que dices eso, y no me gusta –musitó él, empezando a perder la paciencia–. El trato con Belmont está siendo muy complicado.

–Y luego habrá otro. No vas a parar nunca, Lorenzo.

–Claro que sí, en cuanto firmemos con Belmont.

Angie sacudió la cabeza.

–He visto a mi madre pasar por esto cientos de veces. Ya lo he experimentado contigo y no pienso volver a subirme a esa montaña rusa.

–Yo no soy tu padre –dijo Lorenzo con aspereza–. Y puede que no te hayas dado cuenta, pero desde que hemos vuelto, he intentado cuidar de ti lo mejor posible.

–Es verdad. Precisamente por eso me atrevo a hablar claramente. Porque me niego a que repitamos nuestros errores.

–Estás sacando las cosas de quicio.

Lorenzo se cruzó de brazos. Estaba demasiado cansado y frustrado como para saber qué decir. Estaba dando cuanto podía, pero Angelina quería todavía más.

Ella bajó la mirada.

–Necesito dormir. Mañana tengo un día muy largo.

Lorenzo la dejó ir. Se negaba a seguirla como un perrito faldero por más que la deseara. Se sirvió un vaso de agua y se sentó en una butaca. Estaba demasiado agitado como para dormir, a pesar de que apenas había pegado ojo en varios días.

Estaba convencido de que todo mejoraría cuando cerrara el acuerdo con Belmont. Su mujer estaba exagerando; no necesitaba que le hiciera sentir culpable cuando había hecho todo lo que estaba en sus manos para que estuviera bien.

Se acomodó en la butaca. En el fondo, la indignación de su mujer no era un problema serio. Sí lo era perder el negocio con Belmont. El asunto del nombre se había convertido en el punto crucial. Los rumores se extendían por la prensa financiera, los accionistas de Ricci se inquietaban y faltaba poco para la reunión de la junta directiva. Tenía que conseguir hablar directamente con Erasmo Bavaro, pero sus hijos le negaban acceso directo al magnate. La situación estaba desquiciándolo.

El mundo no colapsaría si las negociaciones fracasaban, pero la reputación de Ricci sufriría un duro golpe. La confianza de los mercados se tambalearía. Y él tendría la culpa.

¿Tendría razón su padre cuando insinuó que había sido demasiado ambicioso, que le había podido la arrogancia?

Apoyó la cabeza en el respaldo y cerró los ojos. Sentirse culpable no conduciría a nada. Tenía que sacar adelante el proyecto.

En cuanto a su mujer... nunca le había prometido ser perfecto, solo apoyarla y ayudarla. Quizá era verdad que en los últimos tiempos había estado ausente, que ya no cenaban juntos.

Eso podía rectificarse. La sacaría a cenar la noche siguiente. Conseguiría que se calmaran las aguas.

Capítulo 12

IBA A terminar muy tarde.

Angie dejó el brazalete de diamantes en el que estaba trabajando y se restregó los ojos. Se trataba de una pieza para una mujer de Nueva York que podía hundir o lanzar su negocio. Debía entregarlo al día siguiente.

Fue a la máquina de café. No conseguía librarse de lo que verdaderamente la inquietaba. Aunque su marido había hecho un esfuerzo para cenar con ella el último par de semanas y estar más presente físicamente, estaba cada vez más distante emocionalmente.

Mantener la fe y creer en ellos se le hacía cada vez más difícil; no saber si Lorenzo llegaría a amarla estaba debilitando su espíritu. Ansiaba tanto que le dijera aquellas dos palabras... Pero, si es que llagaba a hacerlo, Angie sabía que tendría que esperar mucho tiempo.

−¿Quieres que me quede a ayudarte? –preguntó Serina cuando ya se ponía el abrigo.

Angie se sirvió un café.

−No. Tienes una cita. ¿Es atractivo? –preguntó, sonriendo a la diminuta rubia.

−No lo conozco. Es una cita a ciegas. La han preparado unos amigos.

−Pues no puedes faltar –Angie tomó la taza entre las manos–. Tengo que terminar el brazalete de Juliette Baudelaire. El cierre no me está funcionando.

Junto con Serina probaron diferentes posibilidades

antes de que esta se marchara. Apenas había salido por la puerta, sonó el teléfono. Angie vio que era Lorenzo.

–Hola –dijo, confiando en que la sensual voz de su marido le calmara los nervios–. Creía que ibas a trabajar hasta tarde.

–Marc Bavaro nos ha invitado a la ópera. Necesito que vengas.

Ni siquiera se había molestado en saludar. Solo disparaba una orden. Angie se mordió el labio.

–No puedo, lo siento. Tengo que terminar una pieza muy importante.

–Puedes acabarla mañana.

Angie se tensó.

–Tengo que entregarla mañana.

–Unas horas de diferencia no te retrasarán tanto. No seas terca. Te recojo en quince minutos.

Angie se quedó mirando el teléfono atónita. Estuvo a punto de llamarlo y decirle que se fuera al infierno, pero sabía que Marc Bavaro estaba volviéndolo loco. Podía verlo en su rostro, en las sombras de sus ojos. Estaba sometido a una enorme presión.

Suspiró lentamente. Aunque su trabajo se resintiera, no sería ella quien saboteara su relación. El brazalete descansaba sobre su mesa a falta de algunos detalles. Podía escribir a Juliette, decirle que lo tendría listo para la tarde y confiar en que no le importara.

Lo hizo y recogió sus cosas con una creciente irritación. Para cuando llegó Lorenzo le hervía la sangre.

–*Ciao* –Lorenzo se inclinó a besarla y ella le presentó la mejilla–. ¿Qué pasa?

–Si no lo sabes, no mereces que te lo diga.

–¿Es porque te he llamado terca?

Angie no se dignó a contestar. Él masculló un juramento.

–Es solo una noche, Angelina.

Ella se volvió hacia él enfurecida.

–Tengo que entregar una pieza mañana. ¿Te imaginas que yo te exigiera venir a una fiesta cuando estuvieras ultimando la firma de un contrato?

–No seas ridícula.

Angie miró por la ventanilla. Lorenzo no insistió y llegaron a casa en un tiempo récord. Allí Angie se puso un vestido azul con sandalias y joyas doradas. Lorenzo eligió una corbata azul para ir a juego, pero ella no se molestó en decirle que apreciaba el gesto ni lo guapo que estaba.

Se encontraron con Marc y Penny a la puerta de la Metropolitan Opera House, uno de los lugares favoritos de Angie desde que de niña fue a ver su primer ballet. Pero aquella noche no estaba de humor para disfrutarlo.

Tomaron una copa en uno de los bares, pero Angie ni siquiera pudo tomarse un vino que la ayudara a relajarse. Y su actitud distante hacia Lorenzo fue tan obvia que cuando ya se sentaban, Penny bromeó preguntándole si estaba castigado. Angie lo negó, pero hizo a su vez una broma sobre la relación en pareja después de la luna de miel. Lorenzo debió oírla, porque le lanzó una mirada que produjo un escalofrío en Angie. Había ofendido el orgullo masculino de su marido.

Decidió concentrarse en la ópera. Se trataba de *La Bohème*. Era una de sus favoritas, pero no la apropiada para aquella noche. La historia de amor torturado entre Mimi y Rodolfo la conmovió como no lo había hecho nunca antes. Para cuando llegó el tercer acto, con la muerte de Mimi segura, y a decisión de los amantes de permanecer juntos, Angie lloraba desconsoladamente.

Lorenzo le pasó un pañuelo y susurró:

–Disculpadnos –tomó a Angie de la mano y salió con ella del palco.

–¿Qué haces? –preguntó ella.

–Tenemos que hablar.

–No quiero.

–No tienes opción, *mi amore*.

Pasaron por el gran vestíbulo hacia un corredor. Lorenzo mencionó el nombre del director de Metropolitan y fueron conducidos a una sala privada. Cerrando la puerta con llave, Lorenzo se volvió hacia Angie.

–Explícame qué te pasa, *cara*. Solo te he pedido que me hicieras un favor. ¿Qué te pasa?

Angie puso los brazos en jarras y con ojos centelleantes dijo:

–Me has ordenado venir, que es muy distinto. El brazalete en el que estoy trabajando es para Juliette Baudelaire. De ella puede depender el futuro de mi carrera.

La irritación de Lorenzo se aplacó.

–No tenía ni idea de que fuera para ella.

–¿Cómo ibas a saberlo si has colgado antes de que pudiera decírtelo?

Lorenzo se pasó la mano por la frente.

–Lo siento. Estaba nervioso porque yo también tengo proyectos retrasados.

Angie siguió mirándolo con dureza.

–¿Por qué estás tan sensible esta noche? –preguntó entonces él–. ¿Es un efecto del embarazo?

De haber sido dagas los ojos de Angie, Lorenzo habría muerto en aquel instante.

–A veces no comprendo cómo puedes estar tan ciego.

Lorenzo no pensaba que ese hubiera sido el caso en

los últimos tiempos. Seguían comunicándose, siendo sinceros el uno con el otro... al ver que Angie iba hacia la puerta, se adelantó para impedirle salir.

–Todavía no hemos acabado –dijo, mirando a su preciosa mujer.

–Claro que sí –Angie se cruzó de brazos–. ¿O quieres añadir algo?

–Quiero disculparme. Lamento no haberte preguntado en qué estabas trabajando. Habría venido solo.

La mirada de Angie se dulificó. Él añadió.

–También quiero saber por qué dices que estoy ciego.

Angie bajó la mirada.

–Lleva semanas emocionalmente ausente. No sé dónde tienes la cabeza. Te echo de menos.

El sentimiento de culpa atenazó a Lorenzo. Para evitar adentrarse por un camino por el que no debía avanzar, había herido a su mujer.

–Lo siento –inclinó la cabeza y le besó la curva del cuello–. Estos días han sido una locura. Prometo mejorar.

–Es que... –Angie suspiró–. Deberíamos volver junto a Marc y Penny.

–No hasta que me digas que no estás enfadada –Lorenzo la tomó por las nalgas y la atrajo hacia sí–. No soporto que estés enfadada conmigo –añadió, dejando un rastro de besos en su cuello.

Angie contuvo el aliento.

–Vale. Ya se me ha pasado.

–No suenas convencida –tomándola por la cabeza, Lorenzo la besó, dominante, persuasivo.

Ella se derritió bajo sus manos.

–Vale –repitió contra sus labios–, estás perdonado.

Pero Lorenzo ya no podía parar; su cuerpo necesitaba

restaurar el equilibrio entre ellos. Contener su deseo por Angelina estaba abriéndole un agujero en el pecho.

La empujó contra la pared y, metiendo el muslo entre sus piernas, le hizo sentir su estado de excitación. Ella exhaló, sorprendida:

—¡Lorenzo!

—¿Qué?

—No podemos hacer esto aquí.

—¿Por qué no? —Lorenzo le pasó la lengua por los labios—. En Portofino te gustó que pudieran vernos...

—Sí, pero...

Lorenzo la sedujo con la lengua, explorando su boca como quería explorar su cuerpo. Ella dejó caer el bolso a la vez que un gemido escapaba de su garganta. Lorenzo le separó más las piernas y, subiéndole el vestido, apartó la seda que cubría su vértice y la acarició. Estaba húmeda, lista para él.

—Necesito tenerte —dijo con voz ronca.

Con la mirada turbia, ella susurró:

—Sí.

Lorenzo siguió acariciándola mientras Angie gemía y se arqueaba contra su mano. Él usó los dedos para penetrarla a la vez que dibujaba círculos en torno al prieto nudo de sus terminaciones nerviosas. Echando la cabeza hacia atrás, Angelina susurró su nombre entrecortadamente.

Entonces Lorenzo le levantó una pierna hasta su cintura, liberó su sexo y, retirando la braguita, la penetro con un movimiento decidido. Angie exhaló con fuerza y su interior de terciopelo se contrajo, atrapando con fuerza su pulsante miembro.

—¿Estás bien? —susurró él.

—Sí.

Flexionando las rodillas, Lorenzo se movió en el

interior de Angie con un devastador y urgente deseo. Su erección palpitaba al ritmo de su corazón, estaba a punto de perder el control. Tomó la mano de ella y la llevó al endurecido centro de su placer.

–Tócate –susurró–. Lleguemos juntos, Angelina.

Ella cerró los ojos y rotó los dedos alrededor de su diminuta loma. Él mantuvo la mano sobre la de ella, absorbiendo las suaves oleadas que la asaltaban; dominándose a duras penas mientras ella se daba placer. Cuando la sintió al límite, cuando se produjeron las primeras contracciones, él la asió por las caderas y la penetró más profundamente, a un frenético ritmo que hizo que le estallara el cerebro. En perfecta sincronía, alcanzaron juntos un clímax que los sacudió hasta la médula; distinto a todo lo que habían experimentado hasta entonces.

Con el rostro escondido en el cuello de Angie, Lorenzo la sostuvo con piernas temblorosas. No supo cuánto tiempo permanecieron así antes de que recuperara fuerzas para moverse.

Apoyó la mano en la pared y besó a Angie en los labios. Pero su corazón se paró al ver que lloraba.

–¿Angelina? –preguntó, angustiado, tomándole el rostro entre las manos–. ¿Qué sucede?

Ella sacudió la cabeza y se estiró la ropa.

–Nada. La ópera me ha emocionado

Lorenzo la observó atentamente.

–No mientas. Es mucho más que eso.

Ella se secó el rostro con el dorso de las manos.

–Angelina –dijo él con firmeza–: dímelo.

Ella se agachó y tomó su bolso. Irguiéndose, lo miró fijamente y contestó:

–Estoy enamorada de ti, Lorenzo.

Capítulo 13

LORENZO no supo cómo aguantó el último acto de la ópera cuando sentía que la cabeza iba a estallarle. Tras despedirse de Marc y Penny, volvieron a casa sumidos en un sepulcral silencio.

En cuanto entraron, Lorenzo dejó la chaqueta en una silla y, yendo directamente al bar, se sirvió un whisky. Angelina se quitó los zapatos con un suspiro. Al ver que iba hacia el dormitorio, él dijo:

—Siéntate

Angie alzó la barbilla.

—¿Para qué? No puedes decirme lo que quiero oír. Si no, ya me lo habrías dicho.

Lorenzo habría querido decirle lo que hiciera falta para borrar de su rostro el dolor que lo ensombrecía, pero se habían prometido ser sinceros él uno con el otro.

Dejó el vaso y se pasó los dedos por el cabello.

—Perder a alguien a quien amas como yo amaba a Lucia cambia la vida de una persona. De pronto, el orden natural de las cosas se trastoca, pierdes la fe. Ya no soy capaz de amar como amé entonces. Pero eso no significa que no me importes.

Angie lo miró con suspicacia.

—¿No eres capaz o no quieres intentarlo?

—Soy así —dijo Lorenzo, encogiéndose de hombros.

Angie se enfureció.

–¿Sabes lo que creo, Lorenzo? Que eres un cobarde. Decir que no puedes volver a amar es evitar ser vulnerable, es más fácil que exponerte a un potencial dolor. Por eso prefieres creer que no eres capaz de amar.

Él sacudió la cabeza.

–No pienso mentirte. Pero lo que hay entre nosotros es mejor que el amor. Es una asociación racional entre iguales y por eso este matrimonio será duradero.

Angie se volvió a mirar por la ventana. Lorenzo fue hasta ella y, tomándola por los hombros, le hizo volverse hacia él

–Tenemos una conexión excepcional. Seremos unos padres magníficos. ¿Qué más se puede pedir?

–El amor –dijo ella quedamente–. Tú lo tuviste. Puede que a mí no me baste con esto.

A Lorenzo se le hizo un nudo en el estómago. Respiró profundamente. Sabía que Angelina tenía razón. Ella merecía un amor incondicional, y él debía haber sabido que lo que le ofrecía no era suficiente.

Con el rostro contraído en una mueca de dolor, Angie dijo:

–Me voy a la cama. Mañana tengo que terminar el brazalete de Juliette.

Lorenzo la siguió con la mirada con una presión en el pecho. Aquel era un dilema para el que no estaba seguro de poder encontrar una solución.

Angie entró en el estudio con los ojos enrojecidos. Se sentó con una taza de café a la mesa y repasó los acontecimientos de la noche anterior. No se había propuesto enfrentarse a Lorenzo, pero el torbellino de sentimientos que la devoraba había precipitado la situación.

El corazón le latía con fuerza. No tenía sentido creer que Lorenzo la amaba aunque no fuera capaz de expresarlo. Y sabía por experiencia que aunque intentara creerle cuando decía que lo que había entre ellos era aún más valioso que el amor, acabaría odiándolo porque no le daba aquello que ella anhelaba tan desesperadamente.

Porque ella quería el amor que no había tenido nunca y que sabía que podía tener. Y era aún más doloroso saber que su marido se negaba a ofrecerle el amor que sí había sentido por Lucia.

El dolor que sentía en el pecho se intensificó. Quería ser una luz en la vida de Lorenzo, como él lo era en la suya. No era ella quien saboteaba la relación, sino él.

Bebió un sorbo de café, intentando centrarse. Retrasarse en su trabajo solo podía empeorar las cosas.

En la bandeja de entrada tenía un mensaje de Juliette Baudelaire, breve y cortante. No tenía de qué preocuparse. Ya había encontrado otra pieza para llevar a la fiesta. No necesitaba su brazalete.

A Angie se le encogió el corazón. Juliette conocía a mucha gente y le encantaba hablar. Su reputación iba a tambalearse. Apoyándose en el respaldo de la silla, cerró los ojos.

–¿Estás bien? –preguntó Serina, que entró en ese momento.

No, claro que no estaba bien. Pero no pensaba permitir que Lorenzo volviera a destrozarla.

–¿Qué prefieres oír, las buenas o las malas noticias?

Lorenzo miró a su abogado. No estaba de humor para bromas.

–Empieza con las malas.

–Los Belmont han llamado. Quieren verte mañana en Miami.

Lorenzo apretó los puños. Marc Belmont iba a hacerle perder la paciencia.

–¿Cuáles son las buenas?

–La reunión tendrá lugar en casa de Erasmo Bavaro.

–Eso suena bien –dijo Lorenzo, animándose–. ¿Pero tiene que ser en Miami?

Cris lo miró con inquietud.

–No puedes negarte.

–*Bene* –Lorenzo resopló–. Prepáralo todo. Pero esta es la última oportunidad.

Cuando su abogado se fue, Lorenzo se acomodó en su silla. La satisfacción de sentirse más cerca de cerrar el acuerdo con Belmont no mejoró su estado de ánimo. La bomba que Angelina había hecho estallar la noche anterior había destruido el delicado equilibrio que habían alcanzado.

Marcharse al día siguiente a Miami no contribuiría a mejorar las cosas, pero ¿qué podía hacer? Si no convencía a Erasmo Bavaro, podía olvidarse del acuerdo.

Se puso en pie bruscamente, metió lo que necesitaba para Miami en su maletín y fue a casa. Cuando llegó, su mujer estaba calentándose un vaso de leche.

–¿Qué tal te ha ido el día? –preguntó.

–Complicado –Angie se frotó las sienes.

–¿Has terminado el brazalete de Juliette?

Ella lo miró impasible.

–Ha cancelado el encargo. Se ha comprado otro.

Ese no era un buen comienzo para la conversación que Lorenzo quería tener.

–Lo siento –dijo–, ha sido culpa mía. Aun así, tenemos que hablar y resolver nuestro problema.

Angie sacudió la cabeza.

–Tú tienes que resolverlo. Yo sé lo que siento.

–¿Qué quieres decir? –preguntó él, poniéndose alerta.

–Que no quiero vivir sin amor –Angie se mordió el labio inferior–. Me has hecho darme cuenta de que hasta ahora he huido de mis problemas para evitar sufrir. Ahora sé que merezco ser feliz. Y si tú no puedes amarme, y aunque me parta el corazón, voy a irme. Gracias a ti, también he aprendido que soy fuerte.

–¿Estás dispuesta a tirarlo todo por la borda solo porque no puedo decirte que te amo?

Angie miró a Lorenzo con expresión atormentada.

–Es mucho más que eso y tú lo sabes. Estas últimas semanas solo me has dado migajas de ti. Terminaríamos odiándonos.

–No es verdad –Lorenzo apretó los puños–. Esto no es negociable, Angelina. Estás embarazada de mi hijo. Nuestro destino quedó decidido desde ese momento.

–Te equivocas –Angie sacudió la cabeza–. Tienes tu heredero, pero no a mí.

–No voy a dejar que te vayas –la voz de Lorenzo fue puro hielo–. Recuerda las condiciones que te impuse.

Angie lo miró fijamente.

–No serías capaz. También he aprendido que bajo tu armadura se esconde el hombre que conocí, y ese hombre no destrozaría a mi familia ni me haría daño.

Lorenzo podía sentir el corazón retumbándole en los oídos.

–Ponme a prueba, *cara*. ¿Crees que te voy a dejar volver con Byron estando embarazada de mi hijo?

Angie lo miró como si no diera crédito a lo que oía, pero le sostuvo la mirada impertérrita.

–Sabes perfectamente que Byron y yo acabamos en cuanto me di cuenta de que seguía enamorada de ti.

Lorenzo se pasó los dedos por el cabello.

–Tengo que ir a Miami para ver a Erasmo Bavaro. Hablaremos cuando vuelva.

–Ya no estaré aquí, Lorenzo.

El dolor que apreció en la mirada de Angie estuvo a punto de partirle el corazón. Ella dio media vuelta y fue hacia el dormitorio. Incapaz de contener la rabia, Lorenzo exclamó:

–¡Maldita sea, Angelina, vuelve aquí!

Ella siguió adelante.

Lorenzo se tomó un whisky de un trago. Angelina quería arrastrarlo a un terreno en el que no podía adentrarse. Menos cuando el acuerdo más importante de su vida pendía de un hilo. Y cuando su esposa le estaba pidiendo algo que no podía darle.

Capítulo 14

ERASMO Bavaro tenía el mismo aire implacable que el padre de Lorenzo y, sentado a la mesa, rodeado de sus abogados en su mansión de Miami, parecía plenamente satisfecho de sí mismo.

Pasándose la mano por la perilla plateada, dijo a Lorenzo;

–Quiero contarte una historia para que comprendas de dónde vengo: la noche que inauguramos el primer Belmont, en 1950, cantó para nosotros la estrella mundial Natalie Constantine. Al final del pase, se unió a ella Arturo Martínez.

Arturo Martínez, la megaestrella española que en aquellos años vendía más que ningún otro cantante del mundo.

–Esa era la categoría del Belmont. Por eso es una leyenda –continuó el anciano.

–Me habría encantado estar allí –admitió Lorenzo–. Pero esos días han pasado. Todo lo bueno llega a su fin.

–Eso lo dice un hombre para el que el dinero lo es todo –Bavaro enarcó una ceja–. Permite que te diga algo: a mi edad, el dinero no da sentido a la vida. El dinero no alimenta el alma cuando llevas cincuenta años en el negocio. Solo importa tu legado.

–Eso lo dice un hombre que quizá se haya vuelto muy sentimental...

—Es posible. Pero prefiero ser recordado como un hombre que ha construido cosas, y no como el que ha destrozado el trabajo ajeno.

El comentario hirió a Lorenzo. Se llevó a los labios el exquisito ron que le había servido su anfitrión y le dio un buen sorbo. Le quemó la garganta, pero no suavizó el efecto de aquellas hirientes palabras, ni lo ayudó a olvidar que su mujer lo había abandonado. De nuevo.

Angelina pensaba que había vendido su alma a cambio del éxito profesional. Y, sin embargo, en aquel instante, mientras los abogados repasaban los detalles que no podía molestarse en seguir, ni siquiera recordaba por qué firmar aquel acuerdo era tan importante para él. Por qué estaba sentado allí cuando lo más importante en su vida estaba en Nueva York. Y se negaba a contestar el teléfono.

Pero no podía culparla. El sentimiento de culpa pesaba en su pecho como un yunque. Había amenazado a Angelina con retirar los fondos a Carmichael, con convertir el divorcio en una pesadilla. ¿De verdad había creído que así la retendría?

Se le hizo un nudo en el estómago. ¿Qué demonios le estaba pasando? No sabía ni qué pensar desde que Angelina le había hecho enfrentarse a unas cuantas verdades sobre sí mismo.

Se pasó la mano por la frente. Le había dicho que no era capaz de amar y no mentía. Pero verla partir; ver cómo le abría su corazón y le decía lo que sentía por él, lo habían cambiado. Si su mujer, que había sufrido tanto en la vida, era así de valiente, ¿qué era entonces él? ¿Un cobarde?

La presión en su pecho se acentuó. Le había dejado marcharse porque si seguía negándose a admitir sus sentimientos evitaba enfrentarse a la verdad: que la amaba. Amaba a Angelina desde la primera vez que la había visto. Pero tenía tanto miedo a perderla, estaba tan enfadado porque lo había abandonado, que no tenía el valor de exponerse y decirle lo que sentía.

El corazón se le encogió. Culparse por la muerte de Lucia era más fácil que atreverse a ser vulnerable.

Espero por un instante a sentir la culpabilidad que lo dominaba siempre que recordaba a aquella fatídica noche, pero el miedo a perder a su mujer era más poderoso.

Cerró los ojos. ¿Qué pensaría Angelina si supiera que su incapacidad para estar presente y escucharla, tal y como había hecho con ella, había conducido a la muerte de Lucia; que él era el culpable de su muerte?

Terminó la copa de un trago. Lo que estaba claro era que él no había cumplido su parte de trato: había exigido a Angelina que fuera un libro abierto, pero él no lo había sido. Le debía la verdad, porque si utilizaba su sentimiento de culpabilidad como una muleta para ocultar sus sentimientos, la perdería. Y eso no podía suceder.

Volvió su atención hacia los abogados, que discutían acaloradamente. Puso las manos sobre la mesa y dijo con firmeza:

—Mantendremos los dos nombres. *Ricci South Beach-Hotel Belmont* —se puso en pie—. Tenéis veinticuatro horas para darme una respuesta. Si no, se acabó el trato.

Marc lo miró desconcertado.

—¿Abandonas las negociaciones?

—Sigo el consejo de tu padre. Voy a poner mis prioridades en orden. Has tenido un año, Bavaro. Te doy veinticuatro horas de gracia.

Pronto averiguaría si su mujer le concedía al menos ese mismo margen.

—¿Si te sientes tan desgraciada, por qué no lo llamas?

Angie miró a su hermana.

—Porque necesitamos espacio —dejó el tenedor en el plato—. Y porque estoy enfadada con él.

—¿Sabes que llamó a James anoche? —preguntó Abigail.

Angie se irguió.

—¿Para qué? —preguntó perpleja.

—Papá va a retirarse y a nombrar a James director. Lorenzo va a ayudarlo a sanear la empresa.

Angie se quedó boquiabierta.

—¿Y yo por qué no sé nada de esto?

—Aunque lo llevaba pensando algún tiempo, ha sido una decisión súbita. Por lo visto Lorenzo le dio un ultimátum: o se retiraba o le quitaba los fondos.

—Se le da muy bien amenazar —masculló Angie—. Aun así no lo entiendo... Está demasiado ocupado como para dedicarle tiempo a Carmichael.

—Puedes preguntárselo tú misma —dijo Abigail, mirando por detrás de Angie.

Angie giró la cabeza y vio a Lorenzo hablando con la jefa de sala y señalando su mesa.

—¿Cómo sabe que estamos aquí? —bisbiseó Angie. Luego miró a su hermana con suspicacia—. ¡Se lo has dicho tú!

—Tú misma dices que estás enamorada de él. Tenéis que hablar.

—Eres una traidora —gruñó Angie. Pero su marido ya estaba al lado de la mesa y su interior vibró con la necesidad de tocarlo, de estar con él. Sin embargo, apretó los labios y dijo–: ¿Qué haces aquí?

Él la miró detenidamente.

–He venido por mi esposa.

A Angie se le hizo un nudo en el estómago.

–Ya no puedes darme órdenes, Lorenzo.

–No es una orden. Te estoy pidiendo que vengas a casa y que hablemos.

–Lorenzo...

–Por favor –dijo este suplicante.

Angie suspiró.

–No creo que sirva de nada.

–Si no te amara –dijo él, mirándola fijamente–, ¿por qué crees que te he seguido como un lunático, que me he comportado como un imbécil? Te amo desde que te vi por primera vez.

–Me encantaría disfrutar de esta escena –intervino Abigail–. Pero hay varios reporteros en la sala. Quizá sería mejor que os fuerais.

Angie apenas la oía porque estaba demasiado atónita con lo que Lorenzo acababa de decir. Miró a su hermana, que le indicó con la mano que se fuera.

–Vamos, tomaré el postre sola. Vete.

Lorenzo le tomó la mano y salió con ella. El coche estaba en la puerta. Lorenzo la ayudó a sentarse y condujo hacia su casa. A Angie le daba vueltas la cabeza.

–¿Has firmado el contrato con Belmont?

–No. He propuesto que mantengamos los dos nombres y les he dado veinticuatro horas para que respondan.

–Dijiste que nunca accederías –dijo Angie desconcertada.

–Las circunstancias cambian.

–Los Bavaro te han sacado de quicio, ¿no?

–Sí. Además, mi mujer me ha dejado claro que no le gusta cómo hago negocios.

–¿Por qué vas a ayudar a James?

–Porque creo que Carmichael puede volver a ser grande, pero necesita el liderazgo de tu hermano –mirando de soslayo a Angie, Lorenzo añadió–: Y porque me gusta la idea de volver a construir algo.

–¿Cómo vas a tener tiempo si adquieres Belmont?

–Porque lo llevará el vicedirector que contraté la semana pasada. Forma parte del plan

–¿Qué plan?

–Conservarte. Siempre es eso lo que he querido, Angelina, pero lo he intentado por los medios equivocados.

Angie sintió que el corazón se le derretía y que se disipaba su enfado.

Había poco tráfico y en pocos minutos entraban en el apartamento. Lorenzo sirvió dos vasos de agua, le dio uno a Angie y se sentó en una butaca. Ella ocupó la opuesta.

–Necesito hablarte de Lucia –dijo él quedamente.

El corazón de Angie se aceleró.

–Lorenzo...

Él alzó la mano.

–Tengo que hacerlo, Angelina. La semana que Lucia murió, yo estaba en Shanghái. Lucia quiso venir conmigo, pero le dije que no podría dedicarle ni un minuto. A ella le... inquietaba vivir en Nueva York; no se sentía segura. Pensé que comprobar que no le pasaba nada, que podía estar sola le sentaría bien, la fortalecería –Lorenzo hizo una mueca de dolor.

Angie se llevó la mano a la boca. ¡Lorenzo debía sentirse espantosamente culpable!

–Cuando los ladrones la encerraron –dijo él con la mirada perdida–, Lucia me llamó a mí en lugar de a la policía. Como tenía el teléfono en silencio, tuvo que dejar un mensaje. Cuando lo escuché casi me vuelvo loco.

Con la garganta atenazada por la emoción y los ojos húmedos, Angie susurró:

–No fue culpa tuya –se acercó a él y le besó la mejilla–. Dime que no crees que fue culpa tuya.

Su mirada le indicó lo contrario.

–Debería haberla llevado conmigo.

Angie sacudió la cabeza.

–Intentabas que fuera más fuerte, protegerla de sí misma. Lo sé porque has hecho lo mismo conmigo. Me has empujado cuando lo necesitaba, me has obligado a enfrentarme a mis miedos.

Lorenzo la miró con solemnidad.

–No te lo cuento para despertar tu compasión, sino para que me entiendas. El problema no ha sido nunca que siguiera amando a Lucia, Angelina, sino mi sentimiento de culpa. No podía perdonarme, y no quería volver a sentir tanto dolor.

Las lágrimas corrían por las mejillas de Angie. Por fin comprendía a su marido. Había perdido lo que más amaba en la vida por un espantoso azar del que él se sentía responsable. Tomó el rostro de Lorenzo entre sus manos.

–Tienes que perdonarte. Tienes que aceptar que no fuiste responsable o nunca podrás, ni podremos, vivir plenamente.

Él asintió.

–Por fin lo he entendido. El riesgo de perderte me ha hecho reflexionar y me he dado cuenta de que solo si me perdono podré rectificar.

Angie sintió que se le henchía el corazón. Lorenzo continuó:

–Y luego apareciste tú. Estaba enamorado de ti, pero no podía admitirlo. No quería amarte porque temía que tu amor por mí no fuera sólido. Y al marcharte me demostraste que estaba en lo cierto.

–No debí hacerlo.

–Tenía que pasar así. Tú necesitabas madurar, y yo debía llegar a valorarte en tu justa medida. Nos encontramos a destiempo.

Quizá era verdad. Quizá había llegado su momento.

–Perdóname –Lorenzo besó la sien de Angie–. He sido un idiota dejándote ir por segunda vez. Sin ti no soy nada, *mi amore*.

Angie sintió el corazón en la garganta.

–Prométeme que siempre que sufras me lo dirás.

–Sí –Lorenzo acercó sus labios a los de ella–. Ya no esconderé nada.

Entonces la besó con una intensidad y una pasión que acabaron por derretir los restos de hielo del corazón de Angie. Ella se asió a las solapas de su chaqueta a la vez que el beso disipaba la tristeza que la había abatido la semana anterior.

Un mordisquito en el labio inferior la devolvió a la realidad.

–Eso, por no haber contestado mis llamadas –bromeó Lorenzo.

–Te lo merecías.

–Sí –dijo él riendo. Y poniéndose en pie, la tomó en brazos–. Permite que te demuestre cuánto lo lamento.

La llevó al dormitorio y, quitándole el vestido, la echó en la cama. Luego se desnudó lentamente. Sin apartar los ojos de Angie susurró a la vez que se echaba a su lado:

—¿Te gusta lo que ves, *cara*? Tómalo. Soy todo tuyo.

Ella se sentó a horcajadas sobre él.

—Te he echado de menos —musitó, inclinándose a besarlo—. Eres mi corazón, Lorenzo Ricci.

Se besaron y Angie tuvo la certeza de que, tras exorcizar sus fantasmas, todo era posible entre ellos.

Separando sus labios de los de Lorenzo, tomó su sexo y lo deslizó en su interior, exhalando con fuerza al sentirlo ocupar su interior. Lugo dejó que él marcara el ritmo. Que le hiciera el amor lentamente, diciéndole cuánto la amaba, hasta que, cuando los dos llegaron al límite, Angie susurró:

—Dilo otra vez.

—¿El qué?

—Que me amas

—*Ti amo, angelo mio*.

—Yo también te amo, Lorenzo —musitó ella antes de que él la sujetara por las caderas y la elevara al cielo.

Su primer amor. Su único amor. Su amor eterno.

Epílogo

–¡Papá!

El grito de alegría de una de las niñas alertó a Angie de que Lorenzo acababa de volver de su viaje a Italia, a tiempo para la fiesta anual de los Carmichael.

En lugar de meterse en la ducha, se puso el albornoz y se asomó a la puerta del dormitorio contiguo.

Lorenzo sostenía en brazos a sus dos hijas gemelas, que reían a carcajadas. La llegada al mundo de Abelie Lucia y Liliana Ines había trasformado definitivamente a su marido. Angie había sido quien sugiriera que una de las niñas llevara el nombre de Lucia para honrar el recuerdo de esta, y Lorenzo, conmovido, se lo había agradecido de corazón.

–¿*Festa*? –preguntó Liliana mirando a su padre con sus ojos azules muy abiertos.

–No, es una fiesta para personas mayores. Pero podéis llevaros vuestro regalo a la cama.

Liliana vio entonces los paquetes que Lorenzo había dejado en la mesa y preguntó:

–¿*Regali*?

Lorenzo les dio los paquetes y cada una lo abría de acuerdo a su personalidad. Liliana prácticamente lo destrozó y sacó en segundos la preciosa muñeca que contenía. Abelie, mucho más cuidadosa, lo abrió con paciencia y encontró una muñeca idéntica a la de su hermana. Era la mejor forma de evitar tensiones entre ellas. Las dos mostraron su alegría con grititos y palmadas.

Abelie vio que había un tercer paquete en la mesa.

–¿*Mamma*? –preguntó.

–Sí –contestó Lorenzo.

–¿Puedo abrirlo ya?

Lorenzo se volvió hacia Angie con la cálida mirada que reservaba exclusivamente para ella. Tomó el regalo y se lo dio, junto con un sonoro beso que hizo reír a las niñas.

–Ahora, al baño –dijo a las gemelas–. Os iré a dar un beso de buenas noches.

–¿*E bambole*? –preguntó Abelie.

–Las muñecas también –dijo él. Volviéndose hacia Angie, añadió–: Ponte lo que hay en el paquete y baja en cuanto puedas. Necesito hablar con mi hermano antes de que lleguen los invitados.

Aunque siguiera dando órdenes, a Angie no le importaba. Estaba demasiado contenta con que hubiera vuelto a casa.

Se duchó, se maquilló ligeramente y se puso un conjunto de lencería sexy como bienvenida a su marido. Al abrir el paquete, descubrió un vestido de lentejuelas de una magnifica marca de diseño italiana. Cuando se lo puso, la seda se deslizó sobre su cuerpo como una suave brisa y abrazó a la perfección sus curvas. El escote pronunciado dejaba a la vista el arranque de sus senos.

Se dejó el cabello suelto, se calzó unas altas sandalias y tras ponerse perfume, fue a dar un beso a las niñas antes de bajar la escalera de caracol. Desde el primer piso, iluminado profusamente para la fiesta, llegaban ya las voces de los invitados.

La fiesta de los Carmichael atraía a amigos y conocidos de todo el mundo. Aquella noche, incluso habían acudido los Bavaro, de los que se habían hecho grandes amigos.

Mientras que en el pasado le angustiaba aquella celebración y habría dado cualquier cosa por evitarla, en aquel momento Angie solo experimentaba una extraordinaria felicidad. Su madre llevaba cuatro años sobria y Angie confiaba que hubiera alcanzado la estabilidad. Pero también había aceptado que estaba fuera de su control. Ella había formado su propia familia, que era su prioridad.

Buscó a su marido entre los invitados y lo descubrió junto a la barra, al otro lado de la piscina. Como solía pasarle, le bastó verlo para quedarse sin aliento y se preguntó hasta cuándo reaccionaría así a su presencia.

—Pareces muy serio para estar en una fiesta.

—Puede que sea un tipo serio.

—O puede que debas pedirme que baile contigo —dijo Angie insinuante.

Lorenzo sonrió.

—Esa es una oferta que no puedo rechazar, señora Ricci.

Dejando la copa de champán en la barra, rodeó a Angie con sus brazos y aprovechó que bailaban para ir desplazándola hacia la penumbra del jardín, donde las altas palmeras se mecían sobre sus cabezas.

—Sospecho que tienes intenciones deshonestas —bromeó ella.

—*Certo* —dijo Lorenzo con ojos chispeantes—. Pero antes quiero darte algo.

Sacó del bolsillo un anillo. Una espectacular alianza de platino con diamantes. Angie alzó la mirada hacia él con el corazón acelerado.

–Es un círculo de fuego –musitó Lorenzo–, que es lo que hay entre nosotros, Angelina. Eres la mujer que me ha devuelto la vida y la que me ha dado dos preciosas hijas que a diario me recuerdan lo que es el amor.

Angie abrió los ojos desorbitadamente. ¡Era su aniversario! Fue a disculparse por haberlo olvidado, a decirle todo lo que significaba para ella, pero Lorenzo posó un dedo en sus labios.

–Sé lo que sientes. Siempre lo he sabido. Ahora quiero que te quede claro lo que yo siento por ti –se llevó la mano al pecho–. Estás aquí, *mi amore*. Siempre.

Con la garganta atenazada por la emoción, Angie solo pudo ponerse de puntillas y besarlo con una pasión reverencial con la que quiso transmitirle más de un millón de «para siempres»

Bailaron bajo las estrellas, olvidándose de la fiesta, con el manto titilante del firmamento como único testigo.

Bianca

No pasaría mucho tiempo antes de que los dos cayeran presos del fuego que ardía entre ambos...

Cuando la princesa Ghizlan de Jeirut regresó a casa, se encontró con que el jeque Huseyn al Rasheed se había hecho dueño del reino de su fallecido padre. Con su hermana como rehén, a Ghizlan no le quedó elección. Huseyn tenía intención de dominarla y convertirla en suya.

Forzar a Ghizlan a casarse con él no sería suficiente para conquistar el cuerpo y el alma de la hermosa princesa. La voluntad de hierro de Huseyn se vio desafiada por la magnífica belleza y el fiero orgullo de Ghizlan.

CAUTIVA DEL REY DEL DESIERTO

ANNIE WEST

Acepte 2 de nuestras mejores novelas de amor GRATIS

¡Y reciba un regalo sorpresa!

Oferta especial de tiempo limitado

Rellene el cupón y envíelo a

Harlequin Reader Service®
3010 Walden Ave.
P.O. Box 1867
Buffalo, N.Y. 14240-1867

¡Si! Por favor, envíenme 2 novelas de amor de Harlequin (1 Bianca® y 1 Deseo®) gratis, más el regalo sorpresa. Luego remítanme 4 novelas nuevas todos los meses, las cuales recibiré mucho antes de que aparezcan en librerías, y factúrenme al bajo precio de $3,24 cada una, más $0,25 por envío e impuesto de ventas, si corresponde*. Este es el precio total, y es un ahorro de casi el 20% sobre el precio de portada. ¡Una oferta excelente! Entiendo que el hecho de aceptar estos libros y el regalo no me obliga en forma alguna a la compra de libros adicionales. Y también que puedo devolver cualquier envío y cancelar en cualquier momento. Aún si decido no comprar ningún otro libro de Harlequin, los 2 libros gratis y el regalo sorpresa son míos para siempre.

416 LBN DU7N

Nombre y apellido	(Por favor, letra de molde)
Dirección	Apartamento No.
Ciudad	Estado Zona postal

Esta oferta se limita a un pedido por hogar y no está disponible para los subscriptores actuales de Deseo® y Bianca®.
*Los términos y precios quedan sujetos a cambios sin aviso previo.
Impuestos de ventas aplican en N.Y.

SPN-03   ©2003 Harlequin Enterprises Limited

Solo una semana
Andrea Laurence

Después de su ruptura, lo último que deseaba Paige Edwards era una escapada romántica. Pero un viaje a Hawái con todos los gastos pagados la llevó a aterrizar en la cama de Mano Bishop. Una aventura explosiva con Mano podría suponer la recuperación perfecta… el problema era que estaba embarazada de su ex.

Ciego desde la adolescencia, Mano había conseguido éxito en los negocios, pero no en el amor; siempre le había bastado con tener aventuras ocasionales, hasta que llegó Paige. Una semana con aquella mujer le llevó a replantearse todo.

¿Podría una semana de pasión
convertirse en algo más?

Bianca

-¿Prefieres a la policía o a mí?

Daisy Maddox, actriz en paro, era capaz de cualquier cosa por su hermano, incluso de entrar a escondidas en un despacho a devolver el reloj que este le había robado al millonario Rolf Fleming.

Al ser sorprendida por él, Daisy había quedado completamente a su merced. Lo que Rolf necesitaba era una esposa para poder cerrar un trato. Y aquello fue lo que le pidió, que se casase con él. Arrastrada al mundo de Rolf, Daisy se vio inmersa en un laberinto de emociones. Con cada beso, fue bajando la guardia y dándose cuenta de que el chantaje de Rolf tenía inesperadas y placenteras ventajas.

NOVIA A LA FUERZA

LOUISE FULLER